CAFÉ COM CAXIRI

CAFÉ COM CAXIRI

EDGARD ZANETTE

Labrador

© Edgard Zanette, 2024
Todos os direitos desta edição reservados à Editora Labrador.

Coordenação editorial PAMELA J. OLIVEIRA
Assistência editorial LETICIA OLIVEIRA, VANESSA NAGAYOSHI
Direção de arte e projeto gráfico AMANDA CHAGAS
Capa OSI NASCIMENTO
Diagramação NALU ROSA
Preparação de texto MONIQUE PEDRA
Revisão SÉRGIO NASCIMENTO
Iustração de capa EDINEL PEREIRA

Dados Internacionais de Catalogação na Publicação (CIP)
Jéssica de Oliveira Molinari - CRB-8/9852

ZANETTE, EDGARD

   Café com caxiri / Edgard Zanette
   São Paulo : Labrador, 2024.
   224 p.

   ISBN 978-65-5625-769-3

   1. Ficção brasileira 2. Filosofia I. Título

24-5575   CDD 028.5

Índice para catálogo sistemático:
1. Ficção brasileira

Labrador

Diretor-geral DANIEL PINSKY
Rua Dr. José Elias, 520, sala 1
Alto da Lapa | 05083-030 | São Paulo | SP
contato@editoralabrador.com.br | (11) 3641-7446
editoralabrador.com.br

A reprodução de qualquer parte desta obra é ilegal e configura uma apropriação indevida dos direitos intelectuais e patrimoniais do autor. A editora não é responsável pelo conteúdo deste livro.
Esta é uma obra de ficção. Qualquer semelhança com nomes, pessoas, fatos ou situações da vida real será mera coincidência.

PARTE I

I

Eu queria escrever uma mentira.
Eu queria escrever uma mentira, confesso.
Eu queria contar a história de uma família, como aquelas em que os pais se amam eternamente e cuidam dos filhos como se fosse um decreto divino. Sei que prefere a verdade, então permita-me compartilhar o que eu escrevo com sinceridade, pelo começo.

Cresci invejando os sortudos com família. Sem dinheiro, vestido em farrapos, sempre no sufoco; minha avó foi meu porto seguro, preenchendo o vazio deixado por uma mãe que nunca conheci. Meu pai, um caminhoneiro inconsequente, entregue às aventuras na estrada e à vida banal, não fazia parte do meu cotidiano. Tive que me acostumar com essa realidade, concentrando todas as forças em superar as dificuldades.

Minha consciência ultrapassava noções fechadas de território e sangue. Meu pequeno mundo acontecia em Curitiba, mas, sem saber o porquê, me sentia pertencente a outros lugares e pessoas.

"Estou de saco cheio", "quero ir ao shopping", "tenho vontade de viajar", "me dá um videogame", "posso ter um irmão?", "compra um celular para mim", poderiam ser comentários de uma criança naquele cenário. Quando se é pequeno, tudo é novidade, e todo pequenino merece o melhor do mundo, porém eu me via sendo empurrado de encontro a privações, medos e ansiedades, sem a oportunidade de expressar tais desejos.

Geralmente, quando pretendia escapar da solidão, eu assistia à televisão, fazia desenhos de carros, motos e aviões; e lia e relia os livros recebidos da escola. Desde muito novo, me preocupava em ocupar meu tempo para não enlouquecer diante do silêncio que me circundava. Dessa maneira, fazia o possível para não incomodar minha avó, que dava seu sangue no trabalho e deixava tudo organizado com a vizinha, para que eu me virasse.

Então, ali estava eu, abrindo as cortinas da janela para ver a vida. Naquela segunda-feira, com um pano de tonalidade violeta, aquele tecido amassado fazia a divisão entre a cozinha e a modesta sala de estar da casa de Leandra. No ambiente pairava um aroma de batata-doce queimada, complementado pelo cheiro metálico da panela, todos misturados a um odor distinto que, anos depois, vim a reconhecer como cheiro de cachaça.

Com o canto do olho, Leandra me viu entrar na sala. Então, a vizinha retirou da sacola uma cachorra do tamanho de um pequeno travesseiro, com o pelo marrom, orelhas caídas e uma carinha nervosa.

— Pega ela! O nome dela é Frida — disse Leandra. — E ela gosta de nós.

— Uma cachorra de pelúcia?

— Sim! Se acomode ao meu lado, aqui neste sofá.

Estiquei meus pés e braços para frente. Fui relutante, mas sentei-me e olhei para a mulher.

— Sabe por que eu gosto dela?

— Por que ela é bonitinha? — perguntei.

— Não. Gosto dela porque ela me entende, me aceita como eu sou, não me julga. Aprenda menino: esse mundão só sabe julgar e rotular as pessoas. Me chamam de puta, quenga, preta, gorda e pobre; poucas são as pessoas que nos respeitam. E gosto da Frida porque ela cuida de mim e sou incapaz de maltratá-la. Por ser de pelúcia, não precisamos levá-la para passear, limpar cocô, dar comida ou ensinar a obedecer.

Foi então que Leandra a colocou em meu peito, e com a cachorra de pelúcia ali, a vizinha me instou com o olhar.

— Calma, calma, não tenha medo, menino. Nunca tenha medo de uma mulher!

Eu corei.

— Venha aqui, me dá sua mão.

A mulher tocou suavemente o meu dedo indicador direito e o posicionou sobre sua mão esquerda.

Interpretar aquela cena se mostrava um verdadeiro desafio. Com o coração acelerado, eu estava envolto em confusão sobre as intenções de Leandra. Ela exalava um intrigante ar de mistério. Sua voz mesclava-se aos meus pensamentos, enquanto o aroma peculiar de batata-doce e cachaça me deixava atordoado. Tudo parecia vibrar em minha mente, empenhada em desvendar aquela enigmática mulher.

Com sutileza, ela segurou minha mão, tomando posse do meu dedo indicador que antes repousava sobre sua mão. Com controle total desse dedo, ela o deslizou sobre sua coxa até a virilha esquerda, que estava fria.

— Está com medo? Você quer? Quer sentir mais abaixo?

Eu a encarei, confuso:

— O quê? — perguntei com inocência.

Leandra riu.

— É mesmo, você é muito novinho. Quantos anos você tem?

— Farei dez nesse ano!

— Está bom, não vou malinar você. Você é muito jovenzinho para entender as coisas de homem, mas é um homem, viu? Ei, olha a Frida, com seus dentes saltados e ameaçadores, ela pode te morder. Gosta de mordidas? Você cuidará dela? E se ela te mordesse e arrancasse um de seus dedos, o que você faria? — Leandra riu.

— Não entendo muito bem como cuidar de uma cachorra de pelúcia. Ela é bonitinha, embora tenha uns caninos ameaçadores que parecem capazes de morder.

— Devolva a Frida e aprenda menino: quando você viajar, pode guardar cachorros de pelúcia na mala ou deixá-los em casa. Nem sempre somos capazes de cuidar dos nossos. Cachorros de pelúcia não morrem.

Então, Leandra sorriu para mim. Eu acenava com a cabeça, bem desnorteado, ainda sentindo os toques dos meus dedos em sua pele gelada. Acho que aquela foi a primeira excitação da minha vida.

Os dias passavam e os acontecimentos se repetiam. Durante nossos encontros, seus sorrisos e sua clareza mental se mesclavam com gestos e expressões que me intimidavam, tornando a conversa com aquela senhora um acontecimento singular. Agora já tínhamos nossos hábitos. Ao me esquivar das investidas de Leandra, no fundo eu desejava experimentar seus toques imprevisíveis.

Numa tarde abafada de meus dez anos, eu a vi sentada no sofá, nua e entretida com seu celular. Fiquei petrificado, incapaz de me mover, o medo e a fascinação me estremeciam. Permaneci paralisado por quase cinco minutos, e ela fingia que eu não estava ali, permitindo que eu desfrutasse essa descoberta única na vida de um jovem: descobrir a intimidade de um corpo feminino. Ela balançava as pernas, abrindo e fechando lentamente enquanto sorria para a tela do celular. Acompanhando o movimento das partes dela, fiquei hipnotizado. Meu short começou a me incomodar, apertando e minando a minha satisfação. Prazer e vergonha são duas faces da mesma moeda. Fiquei desesperado; disfarcei a timidez fixando o olhar em uma pintura ao lado do sofá, que mostrava um barco navegando em um mar tempestuoso. Sem conseguir refletir, senti minha espinha estremecer, e fugi para o meu barraco e tranquei a porta; com as mãos suadas, me deliciei com a lembrança do corpo de Leandra.

No cotidiano, a vizinha dedicava-se às suas visitas e à manutenção da sua aparência. Embora eu não fosse um incômodo, também não trazia alegria à sua vida. Para pessoas de recursos limitados, as relações humanas são moldadas pelos acontecimentos, e o destino nos posicionou como vizinhos de parede. Gostemos ou não, necessitamos aceitar o que nos é proposto, já que, frequentemente, indivíduos menos afortunados têm poucas opções e precisam aceitar o que está ao alcance. Portanto, mesmo sem vínculos diretos entre nós, acostumamo-nos a trocar diálogos inusitados, entre um garoto e uma senhora.

Na manhã seguinte em que vi o corpo de uma mulher pela primeira vez, meus olhos ficaram apertados e vivos diante do convite que Leandra propôs. Aquela senhora entrou no meu barraco só de calcinha e me levou até sua casa.

— Quer tomar uma água? — ofereceu a mulher.

— Não, obrigado — respondi, me acomodando melhor na cadeira.

— Desculpe! Que vergonha! Fui malvada contigo. Você me perdoa?

— Não precisa pedir desculpas, está tudo bem — respondi e corei.

O diálogo estava mais ou menos nesse ponto quando, de modo inesperado, se complicou e Leandra murmurou:

— O que é que eu tenho na cabeça, hein? — perguntou, como quem pergunta a si mesma. — Você é homem macho. Vi o seu olhar curioso e vou te ensinar uma coisa: nunca tenha vergonha ou fuja de uma mulher pelada!

— Desculpa! Eu tenho vergonha! — respondi, corando.

Minutos se passavam e eu flutuava em meus pensamentos, não decifrando as palavras emitidas pela vizinha.

Eu apenas ouvia e observava tudo em câmera lenta, assentindo com meio sorriso, tomando o cuidado para que minhas demonstrações de simpatia não ultrapassassem limites, confundindo o respeito que tinha por ela com desejos masculinos ainda emergentes. Ocasionalmente, ela me tocava de maneiras inesperadas, que causavam arrepios, e nós compartilhávamos olhares que simulavam uma intimidade mais profunda.

Uma gargalhada ecoou de sua garganta e a mulher estendeu sua mão direita para mim. No entanto, como eu não concordei em estender a minha, ela fez um gesto ao alto, acenou e piscou com seus olhos castanhos. Então, começou a cantar e dançar ao ritmo da música que tocava em seu celular, como se eu estivesse familiarizado com aquela canção.

Minha responsabilidade eu vou resolver
Não quero atrapalhar você
E o preço que eu pago
É nunca ser amada de verdade
Ninguém me respeita nessa cidade
Amante não tem lar
Amante nunca vai casar.

Essas conversas chegavam a um limite além do qual não sabíamos ir e, então, deixávamos o assunto de lado. Leandra era a vizinha do barraco ao lado e ficava de olho em mim. Era cheirosa e eu me lembro bem do seu perfume que misturava rosas e cravos, bem forte, e poderia ser sentido de muito longe. Suas mãos eram grandes, e ela costumava tocar-me de maneira estranha, e eu me tremia todo e fugia, porque não sabia bem como reagir. Já não era moça nova, mas o tempo todo se enfeitava, passando perfumes, cremes e óleos nas coxas grossas, pintando as unhas e arrumando os cabelos. Morena cor de jambo, com frequência, conforme eu crescia, a flagrava em conversas animadas ao telefone ou dialogando com homens que apareciam em sua casa para beber cerveja, alguns dos quais sumiam por um tempo em seu quarto.

Não houve um único dia da semana em que eu não ouvisse batidas na parede, murmúrios e gritinhos pedindo mais, frases como "me dá", "bate na tua amada", "pega nos meus cabelos", "aperta aqui gostoso" e outras expressões que me deixavam perplexo. Como um menino, eu permanecia sem entender aqueles diálogos tão singulares. Mas era divertido e eu adorava ouvir as frases estranhas e os gemidos, que aguçavam minha curiosidade. Mesmo sem compreender completamente o que se passava, eu fazia minhas coisas pertinho do quarto dela, sempre atento às movimentações daquela casa, capturando alguns fragmentos da vida adulta ao meu redor. Refletindo sobre isso, fora as brincadeiras que ela fazia comigo, Leandra pouco ajudava, apenas servia o meu almoço e, na maior parte do tempo, eu me virava.

II

Na minha infância, a vida se resumia entre o alvoroço escolar, a solidão, os encontros estranhos com a vizinha e as noites tranquilas nas quais eu recebia afagos da mãezinha. Acostumei-me a chamar minha avó de "mãezinha", e ela, sempre atenta, compartilhava à noite ditados que encapsulavam sua humilde filosofia de vida. Uma dessas frases era: "Filhinho, camarão que dorme a onda leva!". E, eu, interessado, mas confuso, passava muitos dias pensando nas frases que ela repetia, buscando incessantemente entender o mundo e minhas experiências cotidianas na escola.

Numa noite, minha avó chegou em casa com uma caixa contendo vários volumes de uma enciclopédia infantil ilustrada, e esse presente foi o mais feliz da minha vida. Durante uma reforma na casa, a patroa dela havia ordenado que aqueles livros fossem jogados no lixo, acreditando que eram obsoletos, volumosos e desatualizados. Foi então que mãezinha vislumbrou uma oportunidade e os trouxe para mim.

Esse presente tornou-se uma janela para o mundo, plantando a semente da minha curiosidade e conduzindo-me a passar muitas tardes debruçado sobre as velhas e amarelecidas páginas repletas de figuras e narrativas. Era agradável respirar o odor úmido daqueles papéis, tocá-los e sentir o cheiro da duração, de um pouco do mofo, que se cria em tudo o que resiste ao tempo. Era bem divertido comparar os verbetes, que explicavam de maneira didática assuntos que os professores tentavam transmitir em sala de aula.

Naquela época eu era bastante agitado e confuso. Tinha na cabeça várias ideias e um bocado de fantasias que eu inventava. Alimentava o sonho de me tornar um piloto de avião, e sonhava em viajar para todos os recantos do mundo. Porém, descobri que o mundo, para mim, se limitava a ir e voltar à escola.

Um garoto zanzava inquieto na entrada da sala. Momentos depois ele parou, curvou-se para a frente — estava de costas para mim —, fez uma espécie de "soco com o punho direito" e bateu na palma da outra mão, dirigindo a ameaça para alguém do lado de fora.

— Olá.

Virei, e ergui minha cabeça, sobressaltado ao ouvir aquela voz repentina. Mantive minha postura e reconheci o rosto de uma mulher com cabelos grisalhos, que esboçou um sorriso doce.

— Seja bem-vindo. Sou a professora Márcia. E você, qual é o seu nome?

— Sou o João Pereira — esbocei um sorriso.

Plofff.

Fomos todos surpreendidos pelo barulho estridente de uma carteira caindo sobre um colega, ao meu lado direito. Após um breve silêncio, seguido do choro do garoto, tive a impressão de que tudo ficou mais intenso, com uma forte expectativa.

— O que é que está acontecendo? Quem fez isso com você?

— Levanta, Mariano. Vou te ajudar.

— Mariano, quem te empurrou? — Aos berros, a professora perdeu toda a sua tranquilidade, se transformando em outra pessoa. — Fala logo, Mariano! Quem jogou essa carteira em você?

Chorando, Mariano respondeu:

— Não sei professora, não sei. Só senti a carteira caindo em mim.

— Escutem todos — berrava ela. — Quem aprontar novamente será levado à direção e poderá ser expulso. Estou avisando. Agora, por favor, fiquem quietos e copiem a matéria do quadro.

O ar abafado invadiu toda a sala, tornando o ambiente pesado. Ao abrir meu caderno, notei ao fundo que o mesmo menino que antes gesticulava com os punhos em tom de ameaça agora sorria de maneira sorrateira. Minha atenção se voltou para ele. Dias depois, esse mesmo garoto mudou de lugar, começando a se sentar bem próximo a mim.

Desde os primeiros anos, compreendi que a escola é um campo de batalha. Brigas, maldades, furtos, isolamento, tudo acontece no chão da sala de aula. Chateava que a contrapartida dessa negatividade, isto é, as amizades, o carinho dos professores e o conhecimento que adquirimos, fosse eclipsada pelo poder que as crianças perversas exercem naquelas que desejam aprender.

Quando eu tinha onze anos, experimentei pela primeira vez uma sensação que mais tarde aprenderia a nomear como "ser moita". No início, era simplesmente uma incapacidade de reagir misturada com o desejo de me ocultar, como se, desaparecendo diante dos problemas, escapasse das armadilhas da vida.

Renatinho, um colega perverso que agora se sentava atrás de mim, desde muito novo era um projeto de bandido, aproveitava nossos momentos de distrações para roubar tudo o que encontrasse em nossas mochilas.

Ele era mais velho do que eu, mais forte, repetente e malévolo. Eu passava a sofrer aqueles furtos, tentando repreendê-lo com o olhar, tentando pegar de volta os lápis e objetos que ele furtava, mas ele não ligava para minhas expressões frágeis e incapazes de fazer frente contra um oponente superior. Havia nele um prazer sádico em me fazer sofrer, uma satisfação exótica em testemunhar minha agonia e impotência.

Os objetos, mesmo sendo velhos e sem valor aparente — lápis partidos ao meio, canetas desbotadas, úteis ainda, e o estojo manchado — tinham um significado para nós. Eram coisas que minha avó ganhava das patroas. Havia uma regra não dita entre elas: "Antes de qualquer coisa ir para o lixo, deveria ser oferecida a Maria." E, é claro, dada a sua condição humilde, ela aceitava tudo. Dizendo com sinceridade, precisávamos de todas as coisas que eram descartadas pelos patrões. Maria aceitava tudo, exceto o lixo dos banheiros e o descarte das comidas dos pratos.

Mãezinha ganhava um salário-mínimo e trabalhava na sufocante escala 6×1. Acordava às cinco para pegar o busão e tinha uma jornada de trabalho das oito às dezoito de segunda a sexta-feira, e nos sábados até às catorze, mas em muitos domingos, quando suas patroas tinham festas de família ou churrascos com amigos, ela era obrigada a trabalhar por um bônus de oitenta reais. Ora, ela poderia reclamar ou se recusar? Poderia; no entanto, se ela reclamasse ou se recusasse, perderia seu emprego, pois há um exército de senhoras pobres desempregadas em Curitiba. Por isso, ela nunca dizia não. Jamais poderia perder aquele emprego, porque viver nas ruas e com fome era pior do que a exploração dos seus dias.

Era uma relação sustentada por um pacto silencioso, um complemento salarial tácito, um vínculo profundo entre diferentes classes sociais. A luta era para harmonizar um conflito intratável, conforme Marx teria descrito. No entanto, a teoria de Marx e os conceitos de socialismo eram territórios inexplorados por nós. Aceitávamos qualquer coisa que pudesse melhorar nosso bem-estar, sem questionamentos. Por isso, mesmo que estivéssemos familiarizados com as obras de Marx e pensássemos segundo categorias críticas, qual seria a utilidade de ser crítico sem dinheiro para comer? Trabalhando desde o despertar do dia para cobrir despesas como aluguel, contas de água e luz, além da comida, como o marxismo pode beneficiar o indivíduo que vive na pobreza?

Infelizmente, parece que o marxismo se tornou uma filosofia desgastada de classe média, afastada das massas. Pensando bem, não tínhamos qualquer ideia de consciência de classe, e do lixo dado e do salário pago pelos seus patrões: eu estudava, nós comíamos e nos vestíamos. É divertido observar que o minimalismo é debatido atualmente como uma novidade, mas só se for para a elite!

Aqueles que são pobres, descendentes de negros ou de indígenas, ou até mesmo desconhecem sua origem, simplesmente usam tudo, tudo mesmo, sem medo e sem vergonha. Vergonha é coisa de gente rica! E essa era uma das máximas filosóficas que mãezinha repetia para mim.

Uma vez decidi enfrentar Renatinho e segurei o lápis que ele tentou roubar. O resultado de um ato de coragem foi receber um carimbo em meu olho direito. Não bastasse, ele me pegou pelo pescoço e me levantou do chão, dizendo para eu calar a boca, que eu deveria ficar quieto, porque eu era um bosta, um merda de nada.

"Decepção do caralho, sou um bosta mesmo", pensei. Fazer o quê? Engoli meu choro, como um bebê desesperado por ajuda, que precisava se acalmar para sobreviver.

Dali a pouco, cheguei em casa com o rosto machucado, não muito, um pouco vermelho na beirada. Minha sorte foi que mãezinha chegava destruída, não conseguia parar em pé e nem percebeu. Ela ficava sentada com as pernas para cima e sorria para mim, completamente detonada, por servir uma família rica que precisava de todas as forças e energias daquela trabalhadora do lar. Sugada, forte, mulher de verdade, ela ainda conversava alguns minutos, antes de comer e desmaiar, e me ajudava um pouco pedindo que eu explicasse a ela as minhas tarefas escolares.

iii

Escola! Dizem que ela liberta. Liberta?
Tentei confrontar aquele antagonista, apesar de reconhecer que era inviável equiparar-me à sua força. No labirinto dos meus pensamentos, sabia que precisava reverter aquela situação. Antes mesmo de prever que um dia leria *O Leviatã*, aprendi na prática, sem a influência de Thomas Hobbes, que "O homem é o lobo do próprio homem", e ninguém é tão forte a ponto de não temer a derrota. Busquei me proteger, puramente por instinto, adotando uma estratégia. Após um final de semana com um olho roxo, na segunda-feira, depois das aulas e durante o intervalo, compartilhei todo o ocorrido com a professora Márcia. Revelei todas as perversidades que presenciava na sala de aula. Todos os ataques furtivos, os cutucões, os furtos, as rasteiras que ele aplicava em todos nós, quando caminhávamos despreocupados. Em resumo, expus aquele indivíduo que arruinava nossos dias naqueles corredores barulhentos.

Nesse dia, senti uma grande satisfação e orgulho por desempenhar meu papel, ao identificar a origem dos problemas da classe. O elemento perturbador agia como uma maçã podre, contaminando os demais e interrompendo o progresso das aulas. Essa situação perturbava a todos nós e dificultava o trabalho da professora. Após minha detalhada confissão, Márcia o confrontou, expressando seu descontentamento com a falta de respeito.

Diante dessa situação, a professora pediu a Joaquim que chamasse a diretora Eduarda. Poucos minutos depois, eles retornaram. Então, a diretora chamou Renatinho, que se levantou e caminhou em direção à porta.

Sempre tive o hábito de evitar problemas. Não mirava alterar a ordem do mundo, e senti-me eufórico, pois o meu único anseio era estudar em paz. Por razões enigmáticas, o desfecho foi contrário ao esperado. O garoto levantou-se e deixou a sala sob aplausos dos colegas. Os oprimidos glorificavam o agressor. Os alunos que apanhavam celebravam a impertinência do delinquente. Então, o capeta permaneceu vinte minutos fora da sala de aula, passeou pela escola ao lado da diretora, assinou o livro de reclamações como se fosse uma honraria e retornou sem qualquer sanção. Nenhuma ação que o constrangesse foi tomada contra ele: nada!

Sem apartar meus olhos daquela cena, observei aquele facínora conquistar sua fama: não chamaram seus pais, não aplicaram uma suspensão, não pediu desculpas. Renatinho voltou para a classe como um rei: coroado, aplaudido e admirado por sua ousadia. Retornou com um sorriso malicioso, que jamais esquecerei, deixando claro a todos que ninguém seria capaz de confrontar a malevolência que comandava a classe. O vagabundo virou um herói, e eu, o oprimido, virei um X9.

As políticas escolares podem ser peculiares. Na escola, nos cursos de licenciatura e nas reuniões pedagógicas, falam muito sobre Paulo Freire. No entanto, tenho certeza de que as teorias do ilustre pedagogo brasileiro não apoiam a falta de disciplina. Para ele o processo educacional deve partir da realidade do próprio aluno. Sua obra *Pedagogia do Oprimido* é brilhante, e suas teorias e práticas são fundamentais. Porém, nas escolas públicas brasileiras, por que a delinquência é tolerada sob a pretensa bandeira da inclusão? Até porque o cu não tem nada a ver com as calças. Mas na escola pública, tudo se mistura, e as direções e coordenações pedagógicas sacrificam a qualidade do ensino e a valorização dos bons alunos pela possibilidade de salvar os delinquentes.

Nos corredores escolares existe um submundo, desconhecido, ou ignorado, por pais, professores e pela sociedade. É um mundo regido por regras próprias, silencioso, invisível, que se articula através das escolhas dos verdadeiros donos do local.

Em um dia interminável, eu refletia. Enfrentar humilhações e perseguições era como ensaios sobre a vida em sociedade. Eu me adaptava à dinâmica dos acontecimentos, ao papel social que me foi designado. Tinha plena consciência de que haveria vingança, que algo aconteceria, que ele roubaria as minhas coisas e que eu teria de sofrer por muito tempo.

Dizem para sermos corajosos, para enfrentarmos os problemas de frente, mas e agora? Enfrentei e me lasquei. Tive a coragem de dedurar Renatinho, meu coração batia a mil. Logo depois veio a triste constatação: fui derrotado, fui vencido. Descobri que aquela escola era comandada por meninos e meninas como Renatinho. Tudo ali, em tempo real, sem pausas ou explicações, sem um manual de instrução, sem recados, sem notas, sem professores. Viver é melhor do que sonhar? Creio que não...

As lições na lousa não ensinam nada sobre o corre do mundo. É apenas você, esforçando-se para estudar e sobreviver. O importante é o caminho que se fez, a jornada que andou, se tem a consciência e observa a si mesmo. O caminho só faz sentido se alcançamos um assento. A vida acontece, passa por nós, e você simplesmente a observa diante de seus olhos, tentando entrar em um vagão e se acomodar. Eu me esforçava em acomodar-me nesse mundo, na escola, na vida.

Como acontecia todos os dias, os alunos disputavam quem saía primeiro da sala e corria até o saguão de saída. Sempre fazíamos isso, mas eu estava sereno, e aguardei todos saírem na minha frente. Nesse dia, em particular, eu estava reflexivo, preocupado, porém calmo. Havia beleza na ideia de enfrentar meus adversários, e eu gostava de pensar que era capaz de lutar e resolver meus problemas, porque muitas vezes me sentia um cagão e pretendia me corrigir.

Naquela tarde, quando a chuva parou, caminhei reticente. Nos estreitos caminhos dos corredores, olhava atentamente para os lados, meio cabreiro. Sentia um leve nervosismo subir pela minha espinha. Minha intuição estava em estado de alerta, mas nada justificava, pois tudo estava tranquilo.

Cresci em meio às crenças da minha avó, que pouco falava sobre como lutar. Ela sempre enfatizava a importância de obedecer e ficar esperto, ser vigilante e sobreviver. Aconteceu de o Renatinho ser minha primeira grande barreira na escola, e embora possa ser verdade que exista o livre-arbítrio, as coisas do mundo acontecem e se resolvem segundo leis imutáveis, diria Tomás de Aquino, porém incompreensíveis para nós, meros mortais. Com leis imutáveis ou não, pouco me importavam os mistérios de Deus, se ele existe ou, se o mundo é caos, se é pura matéria, o que é o livre-arbítrio; nada disso era relevante. Meu único desejo era preservar meu crânio intacto.

Uma quietude intensa se apoderou de mim. O burburinho do ambiente escolar reverberava ao redor, como uma sinfonia incomum. Subitamente, senti uma dor aguda em minhas costelas, semelhante a um choque elétrico. Desorientado, me encontrei no chão, dominado por uma sensação intensa e ardente. Quando finalmente consegui erguer meu rosto, observei Renatinho, apontando para mim e rindo, acompanhado por outros quatro garotos que exclamavam: "Uau, que voadora!".

Nunca terei certeza se falhei em minha defesa ou se, de fato, nunca tive uma chance real. Eis uma nova lição escolar: nesse mundo você será atacado por trás, sem chance de luta ou de defesa.

Recebi uma voadora pelas costas, sem possibilidade de me esquivar ou chance de fugir, ou de enfrentar meu oponente com dignidade: somos agredidos sem declaração de guerra. Eu estava de costas e caí, todos da escola riram de como eu era fraco e imbecil, um moleque magrelo com a cara de índio vivendo em Curitiba, eles diziam e riam.

Um moleque amarelo, magrelo, dentuço, estranho, frágil, não tinha chance em uma luta franca contra aquele menino perverso, mais alto e forte, mais velho, que fingia para a direção que passava problemas em casa, e talvez enfrentasse mesmo; porém, nada e ninguém justifica que um ser humano seja tão maldoso desde criança, como aquele capeta.

Com a voadora, eu caí como um coitado, como alguém impotente diante de uma força superior. Agora eu desejava chorar e berrar à vontade, sem precisar bancar o corajoso. Todavia, fiz o contrário e forcei-me a ficar de pé.

Após a queda, desnorteado e sem juízo, com o ouvido zumbindo e em surto, corri atrás dele jogando pedras e tudo o que tinha na mochila.

Consegui acertar o meu caderno na cara dele. Enfrentei-o, pronto para morrer ali. Sobrevivi, acertando um soco desengonçado em seu rosto e puxando seus cabelos. Ele, porém, se soltou rapidamente e manobrou por trás de mim, como alguém que tinha feito aulas de jiu-jítsu e conhecia bons golpes. Agarrou-me pelo pescoço e bateu três vezes a minha cabeça no chão de cimento.

Nem tudo que começa mal termina mal. Nesse instante, mesmo vulnerável e agredido, cumpri minha missão. Não posso afirmar sobre a bondade e veracidade de Deus, mas sei que fui salvo por uma alma generosa. O zelador, seu Joaquim, deu um grito e Renatinho foi embora correndo com os quatro garotos de sua gangue. Saldo da lição do dia: três pontos em minha cabeça.

A partir daquele momento, eu enfrentaria outros demônios ao longo da minha vida, porém aquele demônio chamado Renatinho me deixou em paz para sempre. No entanto, fiquei vigilante, me transformei numa ilha, mudei minha postura. Deixei de sorrir, permaneci quieto, mantinha uma aparência arredia, como se estivesse nervoso, zangado e pronto para revidar. Nas aulas, não perguntava, não comentava e jamais sorria. De aluno educado e exemplar, que estava sempre pronto para elogiar e ajudar a professora, me moldei em um perfil reservado. Deixei de me apresentar como um bom menino. Simulava indiferença, como se estivesse lá por obrigação, insinuando que a escola não representava nada para mim e que a professora era desinteressante.

Mantinha notas excelentes, não ajudava a professora, não elogiava, não era mais educado e prestativo. Minhas mãos não relaxavam e eu permanecia sempre com um punho fechado, observando os colegas que poderiam roubar minhas coisas ou me agredir, e me mantinha atento ao mundo paralelo que regia a escola.

Apanhar foi fundamental, e eu não tinha medo de apanhar. A partir daquele dia, decifrei aquele espaço como uma fábrica de violência. A escola pública atua como um grande catalisador de maldades, canalizando-as para aqueles interessados em ensinar e aprender. Toda a estrutura escolar é voltada para a proteção dos repetentes e para o cuidado com os indisciplinados.

Desde aquele tempo aprendi que os professores são obrigados a realizar milhares de revisões e recuperações. Então, os conteúdos não avançam.

Os educadores estão condenados a um ciclo de repetição, como nas famosas aulas da disciplina de inglês que jamais ultrapassam o verbo *to be*. Ora, como em um cursinho particular, com poucas horas de estudo, o aluno assimila inglês e na escola pública não?

A resposta é simples. No curso particular não existe o problema da fome. A grande maioria quer adquirir conhecimento e não se ultrapassa quinze alunos por classe, bem como se segue o método e é preciso avançar, porque se está pagando, e no capitalismo ninguém come cocô ou queima dinheiro, nem os loucos! Já na escola pública, sem consciência de classe, cada um vive o corre de sua própria sobrevivência. Poucos querem aprender, muitos estão desencantados com suas vidas, as salas são depósitos de gente, por vezes, com mais de sessenta alunos, e as aulas são voltadas para carregar os pesos mortos. É lamentável a impotência dos professores em lidar com a violência e a falta de respeito, coagidos, custe o que custar, a manter os alunos dentro da sala. Estão proibidos os castigos, as sanções e as expulsões. E ainda poderíamos mencionar os salários dos professores, mas não devemos exagerar, vamos parar por aqui! Logo, nesse formato hipócrita e idealista, é impossível que a escola pública funcione.

Foi então que aprendi e aperfeiçoei a habilidade de passar despercebido, uma tática que apelidei de "ser moita". Vivendo à margem, nas sombras, aprendi a obter notas excelentes, permanecendo invisível! Não foi uma escolha minha adotar essa filosofia de vida; ela me escolheu. Eu seguia assim, vivendo conforme a necessidade.

Na sarjeta da educação pública, os cérebros são alvo, sofrendo perseguições, apanhando e sendo forçados a auxiliar os vagabundos e viciados que conquistam as beldades. Muitas moças atraentes e populares pareciam valorizar mais o dinheiro e o poder do que a bondade e a honestidade dos garotos.

À medida que amadurecia, foi nos corredores escolares que decifrei essa e outras regras do mundo real. Essa lógica distorcida me irritava profundamente e percebia que as garotas mais bonitas se envolviam apenas com *bad boys*! Por quê?

Jovem e solitário, ao questionar a lógica do amor eu falhava em enxergar a verdade crua e simples: aqueles vagabundos tinham suas motos, pertenciam a grupos populares e usavam roupas de marca, faziam musculação, praticavam artes marciais e eram fortes, estavam nos rolês e tinham dinheiro para dar presentes e levar as gatas para festas. Quem era eu? Eu era apenas um joão-ninguém.

No ensino médio, eu, que era considerado um bosta, conseguia uma ou outra ficante com muita dificuldade. Como resultado da minha falta de popularidade, me refugiava nos livros; e isso, no fim das contas, me fez bem. Não vou mentir, é claro que sonhava em pegar uma daquelas gatas, mas elas eram simplesmente inacessíveis: aquele mundo não era para mim. O que me restava: continuar um leitor sonhador ou virar bandido.

Optar pela vida criminosa, sem dúvida, abriria portas para conquistar as mulheres desejadas, mas rejeitei essa trilha, mantive minha crença no bem e na justiça, aguardando o momento certo. Sinceramente, durante os anos escolares, as moças mais encantadoras, aquelas que dedicavam atenção a um rapaz simples como eu, muitas vezes exibiam formas mais cheinhas.

Darwin está correto; nós nos adaptamos e somos moldados pelo nosso ambiente. No final das contas, eu me ajustei e apreciava o charme dessas mulheres fora do padrão, vivendo como um sonhador renascentista. Embora eu não atendesse ao padrão de beleza, elas provavelmente me achavam atraente da mesma forma que eu as achava; não sendo o mais desejado, mas ainda recebendo uma chance. Assim como um jogo de escolhas e oportunidades, a vida amorosa se desenrola como uma teia confusa de opções, desejos e decisões.

Sempre me lembro daqueles momentos na escola. Eram as incongruências de crescer: sem grana, sonhador, garoto magro, rosto normal, saudável; era um garoto normal, mais um entre milhões, que não tinha olhos azuis ou um rosto de Brad Pitt, eu era mais um joão-ninguém. Entre tantos joãos, eu costumava observar esse mundo estranho, sem qualquer incerteza de que eu tinha forças para vencer, com a minha avó me dando amor e meu pai viajando sabe-se lá Deus para onde.

iv

Somos jogados ao mundo, diz o existencialismo, uma ideia desagradável! As pessoas não são simplesmente jogadas, e sim conduzidas e cuidadas com dor e amor. Mães sofrem e vivem, e amam e nos recebem de braços abertos, e com seus seios, nos alimentam, nos acolhendo nesse mundo. Jogamos bola, empinamos pipas, arremessamos pedras, mas trazemos bebês ao mundo. Pais e mães não são simplesmente genitores que fabricam fetos e os deixam à deriva. O útero da mãe não é uma estufa biológica. Na verdade, as mães, com toda a generosidade, transformam-se em um novo ser para acolher outro novo ser. Esse processo, que une dois seres, dá sentido ao irracional e resulta no maior feito que podemos esperar: nascer.

Essa modinha de usar os termos "genitor" e "genitora" é ridícula. O homem briga com a mulher, pega um chifre e vice-versa, deixam de se tratar como pais e começam a se odiar e a nomearem-se como "genitores", pelos problemas que eles criaram, e as crianças, que não deveriam participar da confusão, arcam com as consequências. Os termos corretos são simples e precisos: pai e mãe.

Enquanto exploro minhas memórias invisíveis, impalpáveis, não consigo encontrar uma foto, localizar um sorriso, não acho nada sobre minha mãe biológica. No entanto, todos os dias eu pensava nela.

Garimpava no fundo dos meus miolos, chacoalhava todas as minhas lembranças, escavava profundamente as reminiscências, peneirava, revirava tudo, agitava e vasculhava todas elas na tentativa de alcançar o dia do meu nascimento ou até mesmo antes. Tudo isso para me aproximar da ligação mais íntima e pura que um ser humano pode fruir desse mundo.

Eu estava deitado na cama, pensando em tais ideias, quase adormecido, quando Maria chegou. Ela sempre portava uma sacola plástica enorme, às vezes até duas, com coisas compradas ou ganhadas.

— Boa noite, filhinho. Já jantou? Tudo bem?
— Boa noite, vó! Sim, tudo bem; já jantei.

Respondi com entusiasmo, porém detectei uma alteração no tom do seu "boa-noite". Algo parecia errado com aquele boa-noite. Notei seus olhos opacos silenciosamente lacrimejantes, quase de maneira imperceptível, denunciando uma tristeza. Por um breve instante, nos encaramos, ambos aguardando qualquer reação. Nesse ínterim, eu a observava atentamente, notando seus cabelos desalinhados, algo atípico, pois aquela mulher, em cada dia de sua vida, costumava pentear seus cabelos com cuidado.

Uma nauseante crise, uma sensação estranha tomou conta de mim. Fui sacudido de alto a baixo e o silêncio me mortificou.

Já se passavam uns dois minutos desde que sentira o desejo dela de se aproximar; somente, não queria confessar a mim próprio que aquela conversa romperia a barreira de uma vida.

Movi a cabeça como se tentasse fazê-la sorrir, ou que ela fizesse algum movimento. Sem resposta, levantei-me e peguei um prato que estava sobre a mesinha. Contudo, não havia nada que eu precisasse fazer com aquele prato; objetos não são feitos para serem mexidos sem propósito. Cada coisa tem sua função, e pratos são feitos para comer, não para brincar.

Por cima da moldura da porta de entrada, havia uma chapa metálica, comprida, revestida de uma tinta desgastada. A porta era bem antiga, e a última camada de pintura marrom estava a descascar-se; então, os veios de madeira saltavam à vista, lembrando uma pele estriada. Eu observava aquela moldura enquanto pensava e aguardava o desenrolar daquele diálogo. Lá estava eu, brincando com aquele prato, enquanto refletia... "O que há de errado? Por que ela está tão quieta e encolhida na cadeira?" Aquilo estava me deixando enjoado.

— Por que está chorando? — perguntei, buscando iniciar a conversa.

Esfregou seus olhos e, em um movimento tenso, seu olhar vagou pelo cômodo, como se buscasse algo além de nossas paredes familiares. Senti como se ela olhasse através do meu corpo, focando especialmente no antigo armário de madeira da cozinha, que ficava atrás de mim.

Eu sempre achei aquele barraco charmoso: um velho fogão a lenha descansava em um canto, uma geladeira daquelas azuis, forte e antiga, ocupava seu espaço, uma mesinha de madeira testemunhava nossas conversas e refeições, enquanto o armário de aço, repleto de segredos e suprimentos, guardava tudo o que precisávamos. A pia, cheia de louças para lavar, denunciava que a vida ali era difícil. Os dois banquinhos cinzas completavam aquela cozinha, e à esquerda, um banheiro, sem porta e sem box, dividia espaço com uma pequena salinha que transformamos em meu quarto; e à direita, o quarto de mãezinha, cuja cama e um armário pequeno preenchiam toda a área disponível, servindo como seu modesto refúgio.

Estávamos profundamente absortos em nossos próprios pensamentos, buscando uma conexão que pudesse equilibrar aquele diálogo singular. Minha atenção se concentrou em sua mão direita, que apresentava uma cicatriz com aspecto de queimadura, uma marca em diagonal que ia da base do polegar à do dedo mínimo. Por fim, minha avó respondeu:

— Choro porque estou lembrando e esquecendo ao mesmo tempo, choro porque sinto que cheguei ao meu limite. É como acontece nas vidas de gente como nós, meu filho. Sempre julguei que nos tinham levado tudo e que esses poucos farrapos, essas coisas emporcalhadas, essas latas velhas, enferrujadas, essa casinha, nessa terra-de-ninguém, daria paz pra gente morrer. O fim do mundo não é pra já, o fim do mundo já está chegando, João; eu nem ligo. Choro, meu filho, mas não tenho medo de nada, de nada mesmo! Choro porque me preocupo com você...

Cá estamos. Baixei os olhos, evitando encará-la. Levantei-me, dei dois passos e retrocedi. Meu coração parecia querer escapar pela boca, acelerando intensamente. Não tinha desejo nenhum de responder e, acima de mim, algo estalou. Tentei me distrair, afastando minha mente da aspereza do momento. Olhei para cima, tudo estava normal, talvez um rato passeasse pelo forro, mas eu precisava concentrar minhas forças em encontrar uma resposta para ela.

Na escola, li que a memória de curto e de longo prazo compõem uma harmonia complexa: a memória é plástica. Guardar lembranças e reconstruí-las instantaneamente é uma arte própria dos seres humanos, que são capazes até de produzir involuntariamente falsas memórias.

Seria bem mais fácil para mim combater o esquecimento de mãezinha, que oscilava por muitos anos, mas ela jamais permitiria que eu vivesse para cuidá-la. E ela enfrentava aquela situação que se agravava. Sabíamos que ela estava me preparando para aceitar a dor da verdade. Sem pensar, respondi instintivamente:

— Vamos ao médico novamente! Vamos tentar outro tratamento, mãezinha. Vamos vencer!

Minha avó parecia não me ouvir, perdida em seus próprios pensamentos, com seu olhar que atravessava os objetos ao nosso redor.

Eu desejava expressar tantas coisas, as palavras não vinham. Tentei esboçar um sorriso, dizer algo, movendo meus lábios, que permaneceram selados. "Não tenha medo", repeti para mim mesmo, tentando encontrar coragem.

A inquietação diminuiu quando ela perguntou e respondeu.

— A gente pode só ficar aqui, olhando um para o outro: podemos demorar o quanto quisermos.

Maria se aproximou e fez carinho em meus cabelos.

— Você entende o que está acontecendo?

"Podemos segurar nossas mãos, meu filho, tudo são desculpas para segurarmos as mãos um do outro.

"Não, filhinho, chega de remédios, de médicos, de hospitais e de laudos que comprovam meu esquecimento.

"O médico disse que eu preciso de cuidados imediatos, e que eu esquecerei de tudo, de tudo mesmo, e que não mais misturarei passado e presente, e que ficarei de vez perdida em um grande vazio. Tenho que aceitar: minha mente é incapaz de se fixar no agora. Eu aceito o meu destino. Estou velha e Deus foi bom comigo. E você vai estudar! Vá fazer tua faculdade. Eu ficarei em uma casa de apoio e serei bem cuidada, e antes de esquecer de tudo, eu jamais serei um estorvo para você. Esse é o final da minha história, não o final da sua; sua história nem começou. Só me promete uma coisa: jura, jura que você vencerá? Promete? Promete que você se formará, que vai ter família e que vai se lembrar de mim e será muito feliz?

"Mas chega de conversa por hoje, está na hora de a gente dormir. Vamos dormir, filhinho. Boa noite."

V

Meses depois, ao chegar em casa à noite, desamarrei os cadarços e lancei meu par de tênis num canto, atrás da porta da sala. Retirei minha camiseta branca e joguei-a na trouxa de roupas. Eu possuía três dessas camisetas, já um pouco desgastadas, que funcionavam como uniforme tanto na escola quanto em outras atividades diárias.

Meu corpo moreno, tingido com uma leve tonalidade amarelada, era magro e um tanto desajeitado, em pleno estágio de crescimento.

Fui ao banheiro e repeti o ritual que fazia, todos os dias. Me encarando no espelho, busquei vestígios de barba no meu rosto, assim como abaixei minha cueca e observei, na esperança de que pelos nascessem ali, como se tais aparições simbolizassem a chegada da maturidade.

Sem um pai que conversasse comigo sobre tais assuntos, eu me enganava com esses pensamentos triviais, observando meu corpo que evoluía muito mais lentamente do que meus anseios. Com quinze anos, a falta de pelos em minha pele suave era uma das características que mais me incomodavam. Apesar de ser um jovem em evolução, eu ainda carregava marcas distintas de uma infância que estava se dissipando, deixando poucas manifestações da masculinidade emergente.

Deixei o banheiro e segui diretamente para a sala, onde me acomodei na cadeira, bem relaxado, e comecei a assistir a um vídeo no XVídeos.

— Oiiiiiiiii, já chegou da escola, filho?

Minha avó gritou fora do barraco, enquanto ela colocava a chave na fechadura e tentava entrar.

— Sim, acabei de chegar e já estou aqui ajeitando as coisas para o jantar — respondi.

Ainda bem que a casa estava trancada. Eu me atrapalhei fechando o zíper do short e morri de medo de ela me pegar no ato; e nem imaginava qual seria a reação dela, caso isso acontecesse.

Mãezinha conseguiu abrir a fechadura e entrou; bem quietinha ela foi tomar seu banho. Na verdade, eu estava com uma preguiça danada. Larguei imediatamente o celular, lavei minhas mãos e fui até o fogão. Retirei as panelas, peguei talheres e pratos no armário, e coloquei o jantar na mesa em pouco tempo.

Após uns dez minutos, em passos lentos, até se aproximar da cozinha, Maria andava como uma criança assustada, com passinhos de passarinho, com uma expressão de medo em seu semblante e com sua face congelada.

Na primeira troca de olhares, nenhum dos dois ousou dizer nada.

Quando fitei minha avó de corpo inteiro, notei que saíra do banheiro com a toalha enrolada na parte de cima de seu corpo, porém portava a saia toda molhada na parte de baixo, como se tivesse tomado banho com a saia.

— Mãezinha? Hein? Você... a senhora tomou banho de saia?

Perguntei rindo, com um sorriso enorme e acolhedor, escondendo toda minha preocupação com a situação.

— Humm, está tudo bem — disse ela.

— Quê? A senhora tomou banho de saia!

Ri e perguntei novamente, se ela estava bem.

— É besteira, menino. Coma logo. Como costumo fazer todas as semanas, fui tomar banho com sal grosso, para deixar o mal por lá, e esqueci de tirar a saia, ando bem esquecida. Precisamos fazer o que está ao nosso alcance para sobreviver, mesmo estando bem difícil de controlar os pensamentos, com tantas obrigações. Nunca na minha vida estraguei um pedaço de carne. Hoje, deixei a carne que estava assando no forno da patroa queimar, virou um fumacê doido, tudo porque me tornei uma velha cansada.

"Ando exausta, meu filho. Tenho estado bastante esquecida, além da idade, é coisa de mau-olhado. Vai passar."

— Vó! Você é uma figura! Tira essa saia molhada, se ajeita e venha jantar comigo.

Percebi que algo nela estava diferente, indicando uma piora na condição de sua saúde. Na realidade, vinha notando seus lapsos de memória há dois anos. No entanto, eram pequenos esquecimentos, corrigíveis e perdoáveis, para uma mulher idosa que se levantava às cinco da manhã todos os dias a fim de trabalhar.

Todos têm o direito de cometer erros, de esquecer detalhes, de não se lembrar onde deixaram a bolsa ou onde colocaram o dinheiro que sacaram do banco. Confundirmo-nos sobre horários e dias da semana é algo comum; todos nós erramos. No entanto, chega um ponto em que os erros toleráveis, aqueles pequenos deslizes que nos definem, excedem o aceitável. É quando nosso coração sinaliza que algo não está certo, que o esquecimento não é apenas um deslize, mas um defeito no funcionamento da mente. Surge então uma batalha interna para manter a ordem em nossas "gavetas".

Lembrar é um evento milagroso, mantendo a permanência de algo que não existe mais. A lembrança do primeiro beijo, ou do primeiro mergulho na praia, ou da festa de formatura, ou do nascimento dos filhos; todas essas coisas não existem, elas já aconteceram e agora são apenas imaginações das nossas mentes, que se esforçam em fazer durar fatos que já foram abandonados e superados pela ação do tempo.

Mesmo em sanidade, muitas histórias nossas não voltam, pois apenas passaram por nós. As histórias que permanecem com detalhes e referências são guardadas, pois afetaram os eixos do nosso ser. Mas não controlamos esses eixos, eles flutuam em nós.

Muitas pessoas preferem a morte ao esquecimento no Alzheimer, e assim aconteceu com o ilustre Antonio Cicero. Guardamos nossos pensamentos e lembranças em gavetas, mas não em cofres, pois, como dizia o poeta: "Guardar uma coisa não é escondê-la ou trancá-la. Em cofre não se guarda coisa alguma. Em cofre perde-se a coisa à vista. Guardar uma coisa é olhá-la, fitá-la, mirá-la por admirá-la, isto é, iluminá-la ou ser por ela iluminado".

No Alzheimer, a mente perde o controle de suas gavetas e, em vez de compartimentos vívidos e flexíveis, disponíveis a serem acessados em milissegundos, as gavetas da alma se transformam em compartimentos trancados, como aqueles cofres pesados, abandonados e repletos de coisas escondidas que jamais serão utilizadas.

Muitas vezes percebemos o desespero da pessoa esquecida em tentar acessar o conteúdo de uma gaveta. Ela sabe que está ali. Tenta relacionar com outras coisas que conhece para tentar chegar até aquele elemento buscado. No entanto, a gaveta está trancada e a pessoa sofre ao perceber sua incapacidade de acessar uma lembrança ali guardada, em um cofre secreto. Essa lembrança não pode ser facilmente liberada, pelo menos até o atual estado da medicina.

A mente é como um grande armário, com inúmeras gavetas. Gavetões, gavetinhas, algumas numeradas, outras carecem de identificação. Certas gavetas mentais permanecem ancoradas no passado, inacessíveis ao presente, mas a alma não funciona sem suas gavetas, sem sabermos organizar a nossa bagunça. A bagunça da bagunça, que habita em nós, é um elemento que equilibra nosso existir no mundo. Quando os compartimentos começam a perder sua identificação, a pergunta clássica "quem sou eu?" deixa de ter validade. Essa indagação não pode mais ser formulada com sentido: já não somos capazes de nomear o conteúdo das gavetas, nem de escolher quais gavetas abrir. Encontramo-nos em um labirinto de compartimentos que não são mais organizáveis. Perdemos o controle de nós mesmos, somos incapazes de manusear nossas gavetas.

vi

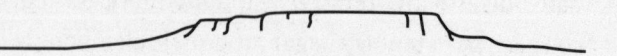

Tudo estava calmo, e o dia despertava enquanto eu me levantava. Andei pela casa conferindo os poucos cômodos, só para me acostumar com a sensação de estar ali. Com os olhos pesados, deixava-me guiar pela intuição, que me conduzia por entre espaços tão familiares. Eu adivinhava cada objeto e o que distinguia um de outro. O chão cinza, bastante desgastado, era de cimento queimado, mantendo alguma dignidade diante das milhares de pisadas dadas. Arrastei-me pelos cômodos, quase rastejando, até alcançar o banheiro. Por fim, consegui despertar e encarei meu reflexo no espelho.

— Por qual motivo estou vivo? — indaguei. Foi então que me detive em inspirar o ar profundamente, como quem se prepara para encher os pulmões de vida, provando a mim mesmo aquela certeza: eu estava vivo, mas o que é essa coisa que vive?

Saí do banheiro e me joguei na cama, me espatifando. Imaginei: "E se hoje eu me transformasse em alguém diferente, alguém que vivesse na China, na Rússia? Além da mãezinha, alguém notaria?"

Fazia algum tempo desde que Leandra tinha ido embora. Seu corpo foi encontrado meses atrás, vítima de uma trama ainda misteriosa. Seu cadáver foi descoberto por crianças que brincavam em um matagal na

Cidade Industrial de Curitiba, carbonizado, com a marca de 23 facadas e com um arame envolto ao seu pescoço. Segundo os jornais, ela trabalhava como garota de programa naquela região de motéis, à beira da estrada. Era triste que ninguém fosse preso ou detido. Aquela mulher participou das nossas vidas, era afetuosa e divertida. Ela viveu, amou, errou. Morreu de maneira tão cruel e foi jogada no mato, em um anonimato que impediu qualquer gesto nosso de adeus ou lágrimas de despedida. Ela não tinha ninguém, e eu e mãezinha oramos por ela, sem conhecimento sobre seu enterro e onde foi sepultada.

Eu me lembrava de Leandra e meus pensamentos me surpreenderam, como se ideias extravagantes surgissem de forma aleatória em minha mente, quase como se fossem inseridas nas profundezas do meu cérebro por alguma entidade. E lá, no seu âmago, eu desconhecia a origem dessas ideias e sentia apreensão pela condição da mãezinha.

Como seria de esperar, devemos estar preparados para as surpresas do tempo; sempre lutei contra ele, como se fosse o meu maior inimigo. Quando, daqui a trinta anos, eu me lembrar dessa conversa com minha avó, do que recordarei?

O tique-taque do relógio não espelha o ritmo da vida, e o tempo, marcado por longas esperas, era meu principal desafio. Sempre precisei aguardar a oportunidade, a recuperação do país e a conclusão escolar para ter uma chance na vida. Minha relação com o tempo era de derrota; ele sempre me subjugava.

Procurava saltar por entre seus ponteiros, escapando de suas amarras; ele estava diante de mim, implacável, me condenando. Porém, naquela manhã, o sol surgiu e eu abri a janela, avistando o horizonte tingido de vermelho, um vermelho como o sangue. Sonhei em tocar nas mãos de Deus, como se ele fosse um amigo próximo, mas elas escapavam de mim. Tentei fazer de Deus um amigo, mas tudo o que eu sentia era mistério. Amigos não podem ser tão misteriosos como eu pensava que Deus era. O que me restava era pedir sabedoria e paciência para esse mistério, e aceitar seus desígnios e o implacável passar do tempo, que consome tudo.

Se o fim da humanidade não é para já, permanecendo oculto e indeterminado, por que tomamos decisões como as de tirarmos nossas próprias vidas?

Sim, sei que é clichê; acredito em sonhos, e que sonhar torna nossas vidas suportáveis. Não me aceito como um estrangeiro em mim.

Todos ocupamos um bom lugar na fila do tempo. Lutamos como pobres diabos tentando guardar mais tempo, ou para recuperar o tempo perdido, palavras estas insensatas entre as que mais o forem, expressão absurda com a qual supomos enganar-nos.

O fim do mundo escolhe seus eleitos, e chegou para mãezinha da mesma forma que chegará para todos nós, simples mortais com duas cabeças, como diria Parmênides.

Estimulado pela urgência nascida dos pensamentos sobre o tempo, não havia mais oportunidade para refletir. Conseguimos, com a ajuda da antiga patroa de mãezinha, a indicação para recebermos uma vaga no Asilo São João, que era gratuito, tradicional e que prometia um bom cuidado.

Mãezinha não sabia mais responder em que lugar e em que ano estávamos. Ocasionalmente, ela me reconhecia como de costume, mas não se recordava do que havia comido no almoço. Com a demência avançando de maneira voraz, aquela senhora foi rapidamente interditada, aposentada e eu me tornei seu curador. Então, em uma audiência de dez minutos, o juiz me informou que eu me tornei o responsável jurídico e criminal de minha avó.

Na mente, a intensidade de uma lembrança não corresponde à sua antiguidade. No Alzheimer, inicialmente o intelecto opera como uma roleta, habitando num cassino, selecionando casas, cores e naipes de modo aleatório, sem total consciência do que ocorre. No entanto, isso acontece, na esfera da sanidade, como se o esquecimento se infiltrasse sutilmente na vida de toda a família. Todos vivem e sofrem com o Alzheimer e seus efeitos, não apenas o paciente. A compreensão dos efeitos irreversíveis da doença é lenta, pois os pensamentos não são apenas esquecidos, mas também confusos. Essa enfermidade mescla as memórias da mente humana e tentamos negar que a nossa família foi a escolhida para hospedar uma aflição incurável.

Naquela manhã, aqueles homens educados a levaram para seu novo lar, um lugar de quietude, a última morada de um ser humano, onde todos nós, eventualmente, repousaremos até sermos silenciados. E quem foi o responsável por essa decisão?

Seria um truque de Deus fazer da vida uma espera para a morte?

vii

Num mundo cheio de ruído e informações, resgatar a habilidade de esquecer pode ser crucial, mas perder-se em um transtorno neurodegenerativo progressivo é uma tragédia chamada Alzheimer.

Há momentos em que o carrossel do destino sacode nossas vidas. Subitamente, tudo se transforma, e o passado parece longínquo, como uma recordação insignificante. Então, o presente se impõe e enfrentamos os problemas imediatos para sobreviver. De agora em diante, minha avó, aposentada e sofrendo de Alzheimer, vivia em um asilo público na periferia de Curitiba e eu precisava me virar.

As pessoas não são como objetos, elas querem sempre estar nos primeiros lugares; e não apenas estar ali, querem conquistar um papel de destaque no palco da vida, que falem sobre elas e que as notem.

O salário-mínimo de sua aposentadoria, sob minha responsabilidade, era utilizado, quase em sua totalidade, para a compra dos produtos de higiene e alimentos que eu deixava para ela. Inicialmente eu conseguia visitá-la todos os dias. No entanto, observá-la naquele lugar e naquela condição era como contemplar uma versão humana da *Biblioteca de Babel,* tal como descrito por Jorge Luis Borges. Aquela senhora analfabeta abrigava toda a sabedoria do mundo dentro de si, em um baluarte moral inabalável, porém encontrava-se silenciada. Quem é o culpado?

Quando descobriram a doença da mãezinha e a colocamos no asilo, suas patroas desapareceram. Mais de uma década servindo uma família opulenta; e ao manifestar sinais inequívocos de sua enfermidade, as madames imediatamente pagaram seus direitos, uma mixaria. Agradeceram seus esforços, tiraram uma foto que nunca foi postada em suas redes sociais e agradeceram à mulher que cuidou, amou e educou as crianças daquela casa.

Dentro do sistema capitalista, não se pode alegar injustiças, pois foram cumpridas as responsabilidades legais, provendo os direitos de uma pessoa demitida da própria vida, que não mais servia.

Quando o aroma, o contato das mãos, as conversas ocasionais pelos cômodos da casa, o ritual do diálogo noturno, dos "boa-noites que redimem seus dias", quando tudo o que define uma pessoa parece ter desaparecido — identidade, linguagem, habilidades, memória... —, onde permanece resguardada sua alma?

À medida que sua condição debilitada a afastava do mundo ao seu redor, minhas obrigações, como cursinho e os bicos que eu fazia, tornavam as visitas ainda menos frequentes.

Não posso ser insincero; eu não conseguia vê-la muitas vezes por semana. A cada visita, sentia-me doente, enfraquecido, nauseado. Sua situação me deixava exaurido, incapaz de me concentrar nos estudos e em meus bicos, e passava o dia inteiro devastado, perplexo, travando uma batalha interna com Deus ou com a sua ausência.

Reflexões sobre o propósito de tudo se tornavam constantes, quase um pequeno Quincas Borba pelas ruas de Curitiba, procurando encontrar algum sentido em meio ao caos que parecia governar o mundo. Visitava regularmente a Biblioteca Pública, onde lia sobre filosofia e me debruçava sobre as obras de Platão, Aristóteles, Santo Agostinho, Tomás de Aquino, Descartes, Marx, Schopenhauer, Nietzsche e Freud. Porém, nem mesmo esses renomados filósofos conseguiam auxiliar em minha busca. Ninguém parecia capaz de explicar a crueldade inerente à vida humana.

Repetia para mim mesmo: "Devo ser mais compreensivo e aceitar as coisas como elas são e como elas são?"

Olhando para aqueles livros circundantes, intuía como se mãezinha fosse como uma imagem vívida das bibliotecas contemporâneas: tanta energia disponível, no entanto, estagnada perante as transformações do mundo. E o imponderável da existência levou mãezinha à quietude, assim como essas bibliotecas despovoadas, estéreis e tristes.

A humanidade continua a dispensar as bibliotecas e livrarias, o mundo mudou. Não entendemos mais as funções dos livros, queremos, agora, criar um mundo sem papéis e sem livros de papel, apenas lugares-comuns projetados em telas.

Da vida, da mesma forma em que eu experimentava a necessidade de estar com minha avó, sentia profunda repulsa por permanecer em um quarto com aquele corpo desocupado, que não mais se manifestava com memória, afeto, identidade; ela não respondia, não conectava passado, presente e futuro, ficava na cama apenas babando, cagando, comendo o que lhe davam e olhando para a janela, simplesmente olhando para o nada, porque ela não enxergava o jardim, nem eu, nem sua própria alma. Comecei a administrar esses dois sentimentos conflitantes que tomavam conta do meu ser: a necessidade de estar com minha avó e o sentimento de culpa pelo nojo que sentia ao estar próximo daquele corpo que não mais abrigava uma alma. Talvez, almas não existam, e tenho a certeza de que minha avó não estava mais abrigada naquele corpo.

Às vezes eu ficava imaginando que, diferentemente do Alzheimer, em um câncer terminal de um corpo, e não de um cérebro, as capacidades psíquicas da pessoa são mantidas. Ela continua com sua alma em pleno funcionamento, como um bom maquinista em um trem com problemas, mas é o corpo que se desintegra, que morre agoniado, em lentidão, até que seus vagões descarrilem. No Alzheimer não, o corpo está ali, em plena potência, com todas as engrenagens rodando, exceto uma, uma entidade metafísica, invisível, que muitos filósofos chegam a defini-la como *subjetividade*, que seria a sede da vida humana e, então, é a alma que padece.

Sem interagir com minha avó, sentia-me só no mundo e não podia depender do meu pai para nada. Meu velho desapareceu quando completei catorze anos. Meu sentimento era: ele sempre esteve morto e pouca coisa mudou com esse sumiço definitivo. Ele nunca brincou comigo, não conversava, apenas chegava em casa, brigava com a mãezinha, batia em mim e falava que eu era um folgado sem futuro. Em questão de dois a três dias, arrumava o caminhão e voltava para a estrada, sem deixar dinheiro ou carinho; não deixava nada.

Foi Maria quem cuidou de mim e nos sustentou como empregada doméstica. Nossa existência era plena e vazia, ao mesmo tempo. Ela era tudo e nada, preenchendo um abandono sem salvação, como um saco que tivesse rompido e deixado escoar pelo caminho o que levava dentro. Apesar de todos os esforços dela para me fazer feliz, nunca vivenciamos a experiência de uma família estruturada, com refeições regulares e rituais bem definidos.

Nossa vida era regida pela economia, em todos os sentidos, com um constante autocontrole para evitar desperdícios, com a ideia premente de não desperdiçar, uma vez que éramos pobres. Guerreira analfabeta, para sobreviver ela passou toda sua existência trabalhando em casas de família; à noite, em nosso barraco, antes de dormir, ela se transformava. Conversava comigo, bagunçava meus cabelos, cantarolava e me fazia jurar que eu daria meu melhor na escola. Ela era uma mulher poderosa, a bússola que guiava minha vida.

Quando lúcida e bem de saúde, ninguém nutria tão grande prazer em ser honesta. No entanto, minha única mágoa com ela é o mistério sobre a verdade quanto à minha mãe.

Por todos esses anos dizia, sem convicção, que minha mãe morrera no parto. Isso me incomodava, pois não me mostraram nenhuma foto, nem documento de óbito, nada. Como eu amava minha avó e ela evitava tratar desse assunto, aceitei essa versão da história, porém meu coração doía diante dessa narrativa mal contada.

viii

Comparando com a velocidade instantânea da reflexão, a vida é mais complicada. Ela escorre em ziguezague, não pede licença, não trava nem põe um pé na frente para fazer andar o outro. Tropeça de forma frequente, dá voltas e faz curvas inesperadas; sem qualquer contrato ou manual de instruções, te joga contra um muro, de modo similar ao que muitas vezes a polícia faz com negros, pobres e indígenas das favelas. Sem explicação viável, a vida nos enquadra e grita em nossos ouvidos com uma arma em punho, e berra: "O que você está fazendo aqui? Quem é você? Por que você está aqui?"

Numa hora como essa, a reflexão desaparece, pisa em terreno escorregadio; as mãos suam, o coração quase explode, o pau coça e então você se lembra de coisas tão absurdas e sem sentido. Olha para aquela situação e pensa: "Por que você está falando desse jeito comigo? Quem vocês pensam que são para falar assim com crianças?" Mesmo que eu fosse um drogado ou um ladrão, vocês não poderiam berrar assim; não, não poderiam.

Tanto a vida quanto a polícia não toleram incertezas. Quando a polícia te imobiliza contra a parede e te interroga, com brutalidade, gritos e violência, isso não importa. É necessário responder imediatamente, sem hesitação, oferecendo respostas corretas: eu precisava crescer.

O fim da minha juventude marcou um ponto de virada decisivo. É fácil se tornar homem e começar uma vida nova? Nos estreitos caminhos da adolescência, como fazer para acordar solitário, começar a viver, arranjar trabalho, frequentar uma faculdade e seguir adiante?

É claro que não é fácil. Eu sabia que precisava enfrentar o desafio, precisava me lançar de cabeça para viver, e não havia alternativa.

Freud afirma que tudo se constrói na infância. Quem sou eu para discordar? No entanto, embora Aristóteles diga que o princípio é mais que a metade de algo, eu, sinceramente, desejava pular essa fase da minha vida, como se minha infância fosse apenas uma preparação para minha verdadeira história.

"Persista!", eu me encorajava, buscando a força do estoicismo. No entanto, o estoicismo parece uma celebração hipócrita, semelhante àquelas festas clandestinas de Diddy, nas quais o desejo era mascarado, mas evidente para todos. Tudo acontecia ali, e todos estavam cientes, porém ninguém podia comentar.

Ninguém aguenta ser estoico o tempo todo; somos carne, desejos e prazeres. No entanto, eu precisava internalizar esses princípios estoicos, para perseverar.

As coisas podem ser fáceis para os riquinhos que fazem medicina bancados pelos pais, que chegam na faculdade com carrões e que passam suas férias no estrangeiro, aprendendo inglês de forma quase natural. Mas para a massa fodida, o bagulho é doido.

Passar no vestibular de uma universidade pública e trabalhar como garçom nos finais de semana são partes da vida de um estudante humilde. Morar em uma república fedorenta, comer miojo com banana ou arroz com salsicha requentada e não ter um puto real no bolso também são aspectos dessa jornada rumo ao sucesso.

Aqui na América Latina, conseguir um bom emprego, ter uma família, finalizar a faculdade, pagar as contas, comprar um carro e uma casa significa sucesso. Sim, atingir o êxito é alcançar uma vida burguesa e, de fato, isso é a realização no capitalismo. Vocês acham que médicos, advogados, empresários e políticos bem-sucedidos são mais felizes em seus ambientes de trabalho do que um professor na escola? Coloquemos a hipocrisia no cantinho: a verdade é que o pagamento, o lucro das atividades, define quais são as profissões de sucesso.

Um playboy pode ter dezenas de mulheres, viver o impermanente da existência, viajar, saborear o anárquico da falta de vínculo, mas esse não é um bom caminho para um jovem pobre. Explorando um ponto de vista divergente, eu sonhava em ter uma família completa, grande, com a casa bagunçada em dias de festa, repleta de crianças berrando, brigando e se amando, assim como a cena icônica que dá início ao clássico filme *O Poderoso Chefão*.

A vida de solteiro é boa para quem quer desfrutá-la e não se preocupa com a velhice. Porém, mesmo quem vive na bagaceira sente a falta de um chamego. Tomás de Aquino poderia dizer que a vida de solteiro dispensa o desejo de eternidade, o que é, evidentemente, um pecado capital. O mero mortal, que se levanta preocupado com os boletos e sem padrinhos, vive melhor na estabilidade e no conforto de um bom relacionamento. Jovem, idealista e sonhador, eu pensava desse modo, e foi com essa filosofia que aceitei a condição de mãezinha e ingressei na universidade, com a esperança de um dia formar uma família.

A pessoa mais importante em minha vida estava destinada ao silêncio. Ela seria cuidada em um lugar que chamamos de lar de idosos. Agi de maneira egoísta ao aceitar que ela passaria seus dias finais naquele local? Deveria eu abandonar tudo para cuidar dela? E o compromisso que assumi de fazer faculdade, trabalhar e ter uma família? Parecia que não havia opção. Concordei, e me persuadi de que aquele era o melhor local para ela. Afinal, todos nós encontraremos nosso lugar, até que, por fim, acenemos um último adeus ao palco da vida.

ix

O cruzamento de fronteiras alimentava minhas angústias. Sem condições de viajar, eu mergulhava nos livros e voava em meus sonhos. Se isso é verdade, não sei; eu fingia para mim mesmo que estava vencendo na vida e continuava um leitor compulsivo. Foi assim que, ao sintonizar-me no ruído do mundo, fui conduzido ao curso de Direito. A escolha não foi aleatória: eu necessitava de instrumentos para minha defesa e para a minha classe.

O mundo capitalista é organizado para foder os pobres. Todo pobre que se fode precisa de um bom advogado. Então, pensei: eu serei o advogado que ganhará dinheiro ajudando os pobres a se foderem menos!

Advogados são tediosos? Sim, contudo, parecem ganhar bastante dinheiro e possuir influência; então, estava decidido, eu me tornaria um advogado.

Cresci de maneira espontânea, com uma família instável, estranha; assim também crescem os gatos de rua — me virei para sobreviver. Antes, eu era apenas um anônimo nas vias de Curitiba, acostumado em ocupar o papel de um espectro — sem sobrenome famoso, sem futuro visível. Agora, nesse novo personagem, havia uma promessa de alegria e realização, existia também o peso da expectativa e da incerteza. De certa maneira, era como se, ao cruzar os portões da academia, eu também cruzasse uma fronteira entre dois mundos, carregando comigo o desafio de provar meu valor em território desconhecido.

Quanto a mim, lá estava, solitário. Mas era tempo de alegria, eu consegui e agora portava um título: calouro! No Dicionário Barsa aparece muito bem como "aluno novato", "aquele que não tem experiência".

O mundo, lá fora, não segue tão fielmente as definições. É evidente a arrogância com que tratamos os calouros. O problema não está apenas nas brincadeiras, ironias e xingamentos dirigidos a eles. A crueldade mais prejudicial reside no ocultamento, na ideia persistente de que eles não pertencem, de que são insignificantes, de que não merecem estar ali.

O encontro dos estudantes não aconteceu nos territórios físicos da universidade. Foi um encontro marcado pela disparidade: calouros e veteranos se conhecendo, se desafiando, se misturando. Essa mistura, essa integração, não aconteceu com tranquilidade: havia uma clara divisão entre esses grupos. Dominantes e dominados se relacionavam em um regime de tensão, cada um defendendo seus próprios interesses.

Marx pode ter errado sobre a previsão de que o capitalismo culminaria, necessariamente, no comunismo. No entanto, nenhum outro pensador na história foi tão longe na compreensão da dialética como aquele velho barbudo.

Mais de setenta anos de tradição! E o encontro ocorreu em uma Atlética, em uma festa animada. Uma centena de caixas de cerveja foi comprada; e caipirinhas foram preparadas em larga escala, jogadas em tanques improvisados que um dia foram máquinas de lavar roupas, que agora serviam brilhantemente como coqueteleiras gigantes.

É por essas e outras diversões que, vez ou outra, pessoas morrem em coma alcoólico em festas universitárias. Se você nunca frequentou uma grande universidade, pode acreditar que estou exagerando, mas não é o caso. As aulas, os professores, as notas, os estágios: tudo isso faz parte da vida universitária no Brasil. No entanto, vivenciar essa vida em uma instituição desse porte engloba muito mais do que apenas estudar.

Na Atlética, cada padrinho, ou madrinha, se encarregava de cuidar de um grupo de cinco calouros.

— Galera, é o seguinte: sou o Gustavo, e hoje vocês são meus! Vamos lá, digam seus nomes, quantos anos vocês têm e vamos começar o trote!

Eu olhava para as duas moças e os outros dois rapazes que estavam conosco.

Giovani, um dos veteranos, libou dois goles de caipirinha, soltou um arroto e deu uma gargalhada; apontou para mim com gestos expressivos e disse:

— Começa por você!

— Hum. Bem, sou o João; tenho dezoito anos, meu sonho é fazer Direito e sou calouro. Sou de Curitiba, acho que é isso.

Após minha apresentação sucinta, fiquei incomodado e comecei a me coçar. Em particular, na pior hora possível, uma coceira insuportável no meu saco me obrigou a deslizar discretamente minha mão direita até o bolso, ajustando a cueca com a intenção de ninguém perceber o meu incômodo: eu estava muito nervoso. Primeiro iniciou no meu saco e depois todo o meu corpo começou a pinicar.

— Porra, calouro! Para de coçar o saco, seu idiota! Só isso? Que apresentação de bosta! Quer ser um advogado falando desse jeito?

— O que mais você quer que eu responda?

— Olhem aí, estão vendo?

— Estou te falando, Giovani. Os calouros de hoje são umas maricas — complementou Gustavo.

Mantive-me reservado, esforçando-me a falar o mínimo possível e evitar retaliações. Assim, nada do meu passado poderia ser usado contra mim, e ninguém perguntaria sobre meus pais ou minha família. Embora tenha sido alvo de zombarias, fiz o meu melhor para passar despercebido. No entanto, quanto mais me esforçava para ser invisível, mais parecia incomodar os veteranos, tornando-me um alvo ainda maior. Infelizmente, a estratégia de me manter discreto não foi bem-sucedida.

— Ei, vamos logo — completou o terceiro integrante do grupo de veteranos, um tal de Tadeu.

— Você, gatinha, se apresenta! — E apontou para a moça que estava ao meu lado.

— Oi, gente! Vou me apresentar. Então, eu sou a Lídia, tenho dezessete anos. Sou de Apucarana, gosto de jogar vôlei, sou praticante de ioga nas horas vagas e estou realizando meu sonho de estudar aqui.

— Deus do céu, que bebezinha — sussurrou Gustavo para os colegas. — Será que existe vida melhor que a de veterano?

Aquele diálogo se tornava cada vez mais estranho. "Afff", pensei. Estava suado e grudento. Meus ouvidos latejavam por causa do trote. Meu estômago, bem irritado, roncava de longe, a coceira não passava e o grupo olhava para mim.

— Lídia, fale mais sobre você. Tem namorado? — perguntou Gustavo, bem sorridente, mais calmo, cutucando os outros veteranos ao seu lado.

— Não tenho nenhum namorado, e nem pretendo ter por enquanto!

— Toma, seu idiota, bem-feito! — riam os três veteranos.

Lídia era bem-educada, bonita; tinha um sorriso bem branco, magra, com um sinal pequeno na bochecha esquerda, próximo ao nariz, que não prejudicava sua beleza. Até que aquele sinal era charmoso. Foi ótimo que ela roubou a atenção do Gustavo e dos veteranos e eu pude continuar quieto na minha.

Aquele foi o melhor momento da apresentação e, mesmo que fosse um momento um tanto quanto vazio, pois ninguém demonstrava prestar atenção aos nossos rostos e nomes, nós calouros simplesmente estávamos matando o tempo, cumprindo um ritual, e foi ótimo escutar meus colegas. Era notável que os veteranos se divertiam imensamente, riam de tudo. Se algo caía no chão, eles riam; se alguém estava sujo, eles riam; se alguém chorasse, eles riam; se alguém pedisse para ir ao banheiro, eles diziam que não, respondiam que só mais tarde, e riam mais ainda.

Após a fala de Lídia, deixaram as apresentações de lado e fomos organizados em lotes, em filas, como gado;

a partir dessa ordem, as brincadeiras começaram de maneira espontânea, conforme o pessoal encarregado de aplicar o trote decidia na hora.

No meu caso, eu estava desatinado, mas mantive a calma enquanto passava pelo trote. Rasparam meu cabelo em etapas, nos deram uma banana para chuparmos coletivamente, um de cada vez, e fizeram um monte de sacanagens conosco; naquele momento tudo era esperado. No entanto, em meio a tudo isso, não pude deixar de me questionar: "A vida é uma grande piscina de merda?"

Vinham-me à mente ideias desconexas, delírios, e eu tentava entender: "Por que fazem isso? Por que os rituais de iniciação buscam destruir a autoimagem das pessoas?".

E o pior ainda estava por vir. Mantiveram-nos por horas naquela condição: sujos, sem o direito de nos limpar, sem poder sair, impedidos de comer, simplesmente deveríamos estar sujos com merda e nos sentindo como merdas. Contudo, a dúvida permanece: essas pessoas que aplicavam o trote eram insanas ou os rituais de poder nos transformavam em loucos?

As horas se arrastavam e apareceu outro veterano, um homenzinho que nos vigiava, loiro, calvo e metido a fortinho; bem na minha frente, sorria para si, como alguém que sente prazer em realizar uma travessura. Uma mulher alta, de cabelos loiros lisos, com um vestido azul que deixava um ligeiro decote à mostra, estava no rastro do sujeito. Ela carregava um fichário marrom abraçado contra os seios, dando a impressão de que o fichário era um bem precioso, que devia ser cuidado.

— Até quando teremos que cuidar desses merdas? — disse o homenzinho para a mulher loira.

— Afff, sei lá. Esse trote está cada vez mais chato; esses calouros são tão sem graça, olhe para eles!

— São mesmo.

— Pois é, estamos aqui perdendo nosso tempo, devíamos curtir a festa.

"A festa somos nós", pensei. "Sou seu brinquedinho, estou aqui, posso ser usado." Lamentavelmente me tornei o brinquedinho daquele nojento homem pálido, repulsivo... por encontrar prazer em nos tratar mal.

Fiquei um tempo ali olhando para aquele cara. E ele notou minha inquietação.

— Está olhando o quê? — E lançou um tapa no meu pescoço.

— Não fique aí sonhando, e nem olhando para mim; só fica na sua, seu calouro.

Aquele tapa não pegou em mim direito e deixei quieto. Tinha sede, permaneci na minha, o mais moita possível. Desafiando ceticismos, pode parecer absurdo, mas mesmo naquela situação de merda, sendo zoado e tomando um "pescoção", por uma questão de estratégia, preferi passar por toda aquela bizarrice para me integrar ao grupo dominante em vez de manter minha dignidade intacta. O pior, depois de tudo, é que eu sabia que se me rebelasse, se não participasse das festas ou fugisse do trote, perderia muitas oportunidades.

— Ei, vai devagar — alertou o Tadeu.

— Qual é a sua? — respondeu o homenzinho.

— Nada não, pô, mas pega leve.

— Pegar leve é o caralho; deixa esse folgado do caralho comigo.

Foi então que o homenzinho que me vigiava me encostou em um canto no qual os demais acadêmicos não podiam me enxergar, chamou dois colegas veteranos que estavam distantes e os integrou ao grupo. Então, os três começaram o interrogatório:

— Seu bosta, cara de índio, acha que aguenta? Você se acha inteligente e que conseguirá se formar em Direito aqui?

— Estou aqui para estudar e me formar, só isso; e não quero incomodar ninguém — respondi falando baixo.

Mantive o tom respeitoso. No entanto, percebi que, independentemente da resposta, eu não teria como escapar daquela armadilha; eles me escolheram para zoar.

— Olhem esse calouro, que figura! — disse rindo.

O homenzinho continuou suas investidas, e todos acompanhavam e aceitavam suas ações e decisões, como se aquela liderança fosse inquestionável; e nós estávamos ali como meros expectadores de suas escolhas excêntricas e doentias.

— Esse magrelo acha que é fodão; deve viver de Bolsa Família, patrocinado pelo Lula com os nossos impostos, com o nosso dinheiro, com o dinheiro do nosso trabalho. Ele e a família dele não devem nem trabalhar. Tomam cachaça 51 o dia inteiro e vivem de Bolsa Família; e ele, viram seu jeito prepotente? Ele se acha o bonzão, fingindo ser educado, pensa ser capaz de nos intimidar e não abaixa sua cabeça. Fica nos olhando fixamente, e não aceita que é um merda... um calourozinho com cara de índio, um fodido. Tudo um bando de vagabundo, você e seu pessoal que vive de bolsa do PT.

— Ei, Júnior, pega o batom ali.

Então, o branquelo calvo apanhou o batom das mãos do Júnior, e pintou na minha testa a palavra "Lula", nas minhas bochechas "PT" e nas minhas costas escreveram: "51".

— Pronto, agora podemos ir ao semáforo!

Os três veteranos choravam de tanto rir.

Antes de nos aventurarmos na rua, uniram todos os calouros e fomos doutrinados e ensinados sobre as regras da Atlética, e recebemos uma apresentação das lideranças, daqueles jovens que comandavam o submundo do curso de Direito da UFPR.

Dali a poucos minutos, saímos desfilando pelas ruas de Curitiba, conduzidos pelos veteranos, que nos obrigaram a pedir dinheiro no semáforo. Olhávamos uns aos outros, buscando forças e sabendo que, em questão de horas, aquela violência acabaria. Lá estávamos nós, calouros, sujos com lama e tinta, com os cabelos mais ou menos raspados, algo bem sinistro e absurdo. Eles não terminavam de raspar os cabelos dos homens, para deixá-los irregulares e engraçados. Já com as mulheres, tentavam estragar os cabelos sem cortá-los, jogando lama, Coca-Cola e outras coisas que pudessem danificá-los de forma sutil.

No semáforo, meus colegas calouros e eu nos olhávamos com uma tristeza partilhada. As marcas depreciativas estampadas em nossas bochechas, testas e costas, revelavam insultos e piadas cruéis: Lídia, rotulada como "Virgem Gostosa"; Mariana, descrita como "Loira Burra"; Cipriano, humilhado com o apelido de "Macaco"; Luís, ridicularizado com o termo "Pinto Murcho".

Então, segurei o choro, como quem precisou se controlar para sobreviver. Sentia uma vontade quase insana de confrontar os veteranos, de forma irracional e impetuosa, assim como fiz com Renatinho, anos atrás. No entanto, sabia que tal atitude impensada me levaria a apanhar e, mesmo estando certo, poderia levar à minha expulsão do curso de Direito. Apesar de não estar em seu território, a festa estava associada à universidade e seus alunos; os veteranos poderiam contar outra versão do ocorrido e minha versão da história, infelizmente, não teria validade diante do relato coeso do grupo.

Que imagem da justiça brasileira! Os futuros juízes, delegados, promotores, advogados, enfim, alguns dos eminentes representantes da justiça do país, homens e mulheres, ali, brincando como idiotas fazendo idiotices.

Os veteranos pintaram nossos corpos com batom; nos chamavam de calouros de merda e ficavam zoando assim por horas e horas, gritando frases machistas e homofóbicas, tentando mostrar virilidade e poder. Era impressionante ver a diversão deles em uma situação absurda, tanto para quem realizava o trote quanto para quem o recebia. Nós, naquela condição submissa, aceitávamos todo o ridículo aguardando o tempo passar para nos integrar ao quadro de estudantes. De um modo ou de outro, as relações de poder moldam corpos e comportamentos, como diz Foucault.

Em uma das últimas provas do trote, tínhamos de disputar com outro colega. Cada um precisava beber um shot de tequila, correr uns dez metros e voltar para o final da fila, continuando esse ciclo até que uma das equipes perdesse.

A equipe perdia quando um dos componentes caía no chão, quase em estado de coma alcoólico. Graças a Deus eu não caí, mas minha equipe perdeu, e Beatriz era uma das veteranas que estava ali para zoar conosco.

Sim, o mundo nos impõe papéis e somos obrigados a representá-los. Será que o mundo obrigou Leandra a viver como puta? Ou ela teve alguma escolha? Fico pensando sobre os nossos papéis, e sempre me lembro da vizinha que me prestava consideração e que foi massacrada pela vida. Não conhecemos seus pais, não sabíamos nada sobre sua família, vivemos por anos e anos em uma relação harmônica, de vizinhos próximos, que se conheciam no dia a dia e diante dos problemas cotidianos. Ela assumiu um papel controverso; porém, será que ela tinha boas escolhas? Já ouvi ditados assim: dinheiro na mão, calcinha no chão; dinheiro sumiu, calcinha subiu! Quem era verdadeiramente Leandra? Não sei, jamais saberei.

Ao assumir o papel de calouro, eu vi Beatriz pela primeira vez. Naquele dia, aquela morena se destacava entre as beldades do curso de Direito da universidade. Morena de pele clara, cabelos negros, brincalhona e esperta, ela desfilava um belo corpo com curvas salientes.

Era uma mulher gostosa e doce, uma mistura potente entre delicadeza e suculência. Ela não era nem excessivamente magra nem particularmente corpulenta, mas estava em um ponto intermediário, uma perfeita sintonia entre os dois.

No final da prova, com todos sujos e exaustos, Beatriz se aproximou de mim e disse:

— Ei, calouro!

— Que miragem! Tudo bem? — perguntei, retrucando com entusiasmo.

Ela chorou de tanto rir!

— Que ideia essa? — disse ela. — Você parece um defunto, todo sujo e acabado, calouro, perguntando se eu, veterana, em pé, impecável, toda cheirosa com meu perfume Guerlain, estou bem!

Ela apertou orgulhosamente a minha mão, se aproximou, para que eu tivesse a certeza de que aquele perfume seria marcante, e que eu jamais o esqueceria.

— Estou aqui conhecendo meus calouros. Sou a Beatriz. Você é bem espertinho e não me engana.

Levantei-me orgulhoso, me sacudi, caminhei na direção dela. Foi quando ela olhou para o lado, fazendo um gesto mole e cansado. Uma das suas pernas ficou apoiada, parecia desanimada, e olhava para um rapaz que chegava próximo a nós.

Não durou muito aquele meu momento feliz que foi obscurecido pela chegada abrupta do namorado de Beatriz. Um cara bombado, mal-humorado, bem-vestido, ostentando um relógio caro no pulso e a chave de um carro importado em mãos.

— Já? — perguntou o intruso.

— Já o quê? — perguntou-lhe.

Era o meu delírio que começava e morria ali mesmo. Fiquei prostrado e precisei me recompor. Os dois olhavam para mim.

— Já cansou de zoar esse calouro?

— Nossa, como tu é idiota, Enzo!

— Deixa o cara, já zoaram, pintaram e humilharam ele, chega.

Foi quando o bombado me olhou pela última vez, com desdém, dando uma risada ácida, prepotente, poderosa, uma risada de quem sabe que pertence a uma classe superior.

— Tua sorte é que estou com pressa, calouro.

Prontamente Enzo pegou a mão direita de Beatriz e ela aceitou sem se opor.

Reparando bem, há aí um lugar-comum: essa situação, repleta de ironia, tornou-se o elo que nos uniu para sempre.

X

Memória, confissão, catarse: a leitura dos livros nos molda através das conversas com o passado. Eu continuava um leitor voraz, porém me esforçava em dialogar com o futuro.

Para lhes dizer a verdade toda, iniciei a universidade como um nerd moderado; ou melhor, eu me considerava um quase nerd. Em busca de um equilíbrio entre sociabilidade e isolamento, desenvolvi minha forma de sobrevivência. Passava a semana estudando como um louco, combatendo para me tornar o melhor da minha classe e um dos estudantes mais promissores do curso de Direito da Universidade Federal do Paraná.

Como eu decidi não seguir na carreira de bandido, cada minuto era precioso nos meus estudos, na tentativa de recuperar o tempo perdido da educação fraca que recebi. Revisões, repetições: o que eu mais odiava na escola. Um vagabundo qualquer, que não tinha caderno, não acompanhava as aulas, por vezes, passava um tempo preso ou sumido... do nada, o cara aparecia na sala, levantava a porra de uma de suas mãos e pedia ao professor que revisasse a matéria; e o professor obedecia!

Passei todos os anos escolares, até entrar na universidade, vendo essas cenas se repetirem. Na universidade, era outro mundo: foda-se! Se o cara faltou ou desconhecia o conteúdo, ele tinha que dar seus pulos e se virar por conta própria, e é por isso que o ensino superior público, apesar de suas dificuldades, funciona bem. Eu não acreditava no discurso hipócrita de meritocracia, tal qual era defendido pela extrema-direita; no entanto, até sacanagem tem limite!

Comecei a me destacar na universidade; já não era um fantasma. As pessoas me enxergavam e se aproximavam de mim, percebendo que eu tinha futuro; e a falta de berço e os traços indígenas eram compensados por uma vontade latente de estudar, trabalhar e vencer na vida.

Meu estilo não era popular e eu usava uma bicicleta como meio de transporte. Meus colegas de classe riquinhos chegavam à universidade com seus carrões. Combinavam churrascos e viagens, e me convidavam! Eu pensava: são uns filhos da puta! Eles sabiam que eu era lascado, que eu não podia sequer pagar a passagem do busão, e pedalava por horas até chegar à universidade. No entanto, aqueles putos fingiam consideração ao me convidar, mesmo cientes de que eu não tinha condições de conviver com eles fora da sala de aula.

Os estágios e bicos como garçom nas festas de finais de semana me salvavam, e era com esses recursos que eu pagava a república, a comida e vivia no limite.

Na vida, o olhar da opinião e a luta pelas cobiças nos obrigam a esconder os rasgões e remendos. Felizmente eu me adaptei às oportunidades que surgiram. Minha antiga magreza, alvo de zombarias e apelidos preconceituosos como "Somália" pelos colegas de escola, agora pertence ao passado. De magrelo eu me tornei um moço esbelto; de pobre degradado da escola pública, surgiu um rapaz estudioso da periferia que passou no vestibular da UFPR. Como dizem por aí: Deus tira e Deus dá!

Eu não estava maduro e vivia como um calouro promissor. Inspirado em Zenão e Diógenes, fabriquei uma rotina que mesclava Estoicismo e Cinismo: vivia com extrema simplicidade, me comportava com moderação, seguia uma disciplina semimonástica, praticava um radical minimalismo, por necessidade.

É evidente que um homem com tal filosofia de vida dificilmente conseguiria conquistar Beatriz. Se você não possui a bênção ou a habilidade de adquirir e manter um carro, ou se suas economias são insuficientes para cobrir um jantar de qualidade, ingressos de cinema e uma hospedagem no motel, seria imprudente tentar se aproximar de uma mulher do calibre de Beatriz.

O problema é que minha mente não me obedecia. Em *Meditações sobre Filosofia Primeira*, René Descartes proclamou o domínio da mente sobre o corpo. Na obra *As Paixões da Alma*, o filósofo do método admitiu que a alma é escrava das paixões. E eu me vi, de fato, escravizado pelos meus sentimentos, pelo coração que batia descompassado ao lembrar dela. Com efeito, estava farto da solidão; o espírito já não se contentava em aguardar as coisas melhorarem. Nessa estação da minha vida, eu queria atravessar novos caminhos, tocar a vaidade de nossa sensibilidade, ser amado por uma mulher e fruir os afetos. Era vital alcançar outra forma de sobrevivência: ser moita tem prazo de validade!

Nem todo relacionamento começa à primeira vista. Permaneci pensando em Beatriz por muito tempo, lembrando de seu quadril elegante e seus cabelos longos que dançavam ao vento. Era linda, possuía uns olhos lúcidos e espertos, que lembravam os movimentos de uma vibrante cobra coral. E sua boca fresca, vermelha e desenhada, fora esculpida diretamente das mãos da natureza. Mulher menina, cheia de feitiços e expressões, adornada com fins secretos delineados pela providência. Ela estava com um playboy curitibano, bombado e com carro novo. Quem era eu para me opor? Eu era um joão--ninguém. Não me importava que ela já tivesse um dono. Mesmo em tempos sombrios, haverá cantos. Pouco me importava a verdade, permitia-me sonhar, pois sempre fui um sobrevivente sonhador.

Na universidade, descobri que Beatriz tinha linhagem; vinha de uma família abastada, descendente de italianos que oitenta anos atrás enriqueceram se apropriando de terras brasileiras. Esses italianos trabalharam como loucos, é verdade, e continuam trabalhando e economizando, mas tiveram oportunidades que não existem mais nesse Brasil de Deus.

No fim das contas, o que restava para mim?

Eu continuava moita.

Mortificar-se em uma partida perdida é uma escolha banal. O melhor a fazer, quando não há uma saída para o xeque-mate, é dar um peteleco no próprio rei e partir para a próxima, sem pensar muito. Defendendo--me do melhor modo possível, parei de me lembrar daquela mulher perigosa, felina, e voltei ao meu plano cartesiano. Eu seguia vivendo, resignado e sonhador, com essa dupla natureza que me protegia da pobreza que circundava minha vida.

Miserável eu não era, mas me sentia um lixo porque estava cercado de uma elite abastada que cursava a UFPR. Dizendo a verdade, um ou outro estudante do curso de Direito estava na mesma situação que a minha. Ao menos até que as coisas melhorassem, continuei na moita, tirando notas excelentes como um bom nerd deve fazer.

As disciplinas propedêuticas do curso de Direito eram minhas prediletas. Eu destruía em Introdução à Filosofia, Filosofia do Direito e Introdução à Sociologia. Logo percebi minhas habilidades para as humanidades, mas sabia que precisava ir com tudo nas disciplinas específicas. Tornar-me um grande advogado não era uma opção, e sim uma necessidade para sobreviver na selva capitalista.

Alguns colegas que sabiam inglês, bancados pelos pais, disputavam as melhores notas comigo. Eu estava em desvantagem; a diferença entre nós é que eu não possuía namorada, não tinha família, não perdia tempo passeando, então estava focado em estudar.

Isso fez toda a diferença. Eles tinham dinheiro para comprar livros novos, eu morava na biblioteca. Com essa rotina semimonástica, vivendo bem recluso, no segundo semestre os resultados começaram a aparecer. Minhas notas eram as melhores da sala. Colegas de classe se aproximavam de mim, queriam fazer grupos de estudos e me convidavam para lanchar e tomar uma cerveja. Dada minha condição econômica, a única opção era fazer tudo dentro da universidade, me alimentando durante a semana no bandejão. Embora evitasse recusar convites dos colegas, sempre me esquivava para impedir qualquer gasto adicional.

Apesar de as repúblicas estudantis oferecerem economia e apoio emocional por meio da camaradagem, às vezes elas podem se tornar uma cilada. O problema é que há uma clara diferença entre o mundo ideal e o real, e nem sempre as pessoas neste mundo vivem com um espírito de comunitarismo. No entanto, apesar das dificuldades tradicionais, posso afirmar que vivíamos bem com oito pessoas.

Tantos dias iguais a esses... Na noite de segunda-feira, retornei para casa, exausto e sonolento. Uma teia de aranha se estendia da cozinha à lavanderia. Olhava para as vigas e madeiras daquela casa, e apenas as teias estavam lá, mas nenhuma aranha andava por aqueles espaços. Percebi que Lucas estava descansando no sofá, posicionado na cozinha, que era parte de uma vasta área unificada que englobava a garagem, a sala e a lavanderia. Nos fundos da lavanderia, um vão desocupado foi transformado no meu quarto. Então, naquele espaço amplo, lavávamos as roupas, cozinhávamos e fazíamos nossas reuniões e festas.

Na entrada de nossa residência compartilhada, destacava-se uma imponente figura, obtida de forma não autorizada de uma sorveteria da Kibon. Um boneco gigante, azul, com braços e pernas de plástico, bem compridos. De forma surpreendente, alguém não só adquiriu o objeto de maneira ilegal, mas também arranjou e posicionou uma carcaça com uma cabeça de boi no topo da figura. Nossa moradia, afetuosamente conhecida como "República Bastião Rei", já existia havia cinco anos, e era lá que fazíamos nossa vida.

— Boa noite, tudo na paz? João, bora tomar uma bera?

— Tudo tranquilo, Lucas. Cara, estou morto. Vou estudar um pouco, tomar um banho e capotar. Aproveita aí, valeu!

Esses eram os diálogos que mais ocorriam entre nós. Eu não pretendia parecer antipático, porém os momentos ocasionais de conversas informais ao longo da semana consumiam meu tempo e energia. Durante tais interações, alguém sempre sugeria a compra de uma grade de cerveja. A partir da cerveja, aqueles que apreciavam um baseado iam buscá-lo em seus quartos e acendiam. Com baseados e cervejas em mãos, os colegas ligavam o som e convocavam seus amigos, transformando tudo em festas que se estendiam até o dia seguinte. Embora não fumasse, eu gostava desses momentos festivos, porém desejava que eles acontecessem aos sábados. Então, fazia o possível para não me envolver demasiadamente na vida dos meus colegas, que eram sustentados pelos pais ou já possuíam empregos estáveis. No meu caso, ainda não tinha nada e precisava planejar tudo com cuidado.

Entre todos nós, Lucas era o mais folgado. Cursando o sexto semestre de Engenharia Civil, ele nunca se dispôs a lavar sequer um copo, um prato ou o banheiro. O seu estilo de vida era insuportável para nós, pois ele não se dedicava aos estudos, nunca se aplicava em casa, frequentava um curso difícil e respeitado, e, todas as semanas, organizava festas, trazendo seus amigos e convidadas para a nossa casa. Sua vida se resumia a fumar baseados, tomar cerveja e comer mulheres. Seu jeito despojado fazia um tremendo sucesso, e ele, mesmo sem estudar, era aprovado em todas as disciplinas, sem esforço, sem sofrimento, sem ansiedade, sem culpa; ao contrário de nós, que vivíamos atolados de culpa pelos momentos de descontração. Naquela casa, cada um de nós seguia seus próprios interesses. Enquanto três colegas tinham namoradas, os outros eram solteiros. Preservando minha intimidade, interagia apenas o suficiente para uma convivência saudável.

Vivíamos em um casebre de madeira caindo aos pedaços. A casa era suja, o banheiro era imundo e as regras estabelecidas não eram seguidas pelos moradores. Mas vivíamos bem com esta ética de convivência tácita. Embora eu ficasse próximo da cozinha e da vida social que habitava o mundo daqueles oito estudantes. Meu quarto, bem pequenino e improvisado, ficava nos fundos e era suficiente para mim. E, durante as festas e desordens realizadas pelos meus colegas, eu usava fones de ouvido para abafar o barulho, simples assim.

Foi no sétimo semestre que entrei no Núcleo de Prática Jurídica da UFPR. A partir desse momento minha vida mudou.

xi

Em uma aula sobre Direito Romano, tive contato com uma expressão: "Roma não está em Roma!"

Ser e não ser, ao mesmo tempo, e sob o mesmo aspecto, é impossível, segundo Aristóteles.

As verdades da Metafísica seguem tais princípios eternos e imutáveis, nas ações éticas e políticas; a vida ultrapassa a lógica. Roma não está em Roma, assim concluí, significa que nem sempre estamos em posse de nós mesmos.

Somos seres errantes e limitados, sujeitos a cometer erros constantemente e a mudar de opinião. Todos os dias, sentimos a necessidade de resgatar algo, como se fosse a nossa essência, para não perdermos o fio condutor da nossa existência.

Doenças malditas como o câncer e o Alzheimer não apenas matam: elas rasgam nossas almas. Eu me sentia impotente por não poder ajudar minha mãezinha a curar-se. O que se iluminava nela todos os dias, ao acordar, escureceu para sempre. Existe um destino predestinado? Deus, em um dia qualquer, sentou-se em sua cadeira e escreveu todas as desgraças que devemos suportar? Esse Deus travesso não existe. É impossível justificar os caminhos da providência para os homens.

Nascemos sob o fio de uma navalha e somos colocados para fora dos úteros de nossas mães, destinados a enfrentar esse mundão. Sim, cada vida humana segue um fio, uma trilha, construída de maneira confusa e conturbada. No entanto, o caminho da existência é recortado por amor e desamor, traições e encontros, e a dualidade nos apresenta um mar de possibilidades.

Mas aí, como se o destino ou o acaso, ou o que quer que fosse, posso afirmar, sem dúvidas, que nasci e cresci desconectado, lançado em um terreno árido, pouco acolhedor. Minha ligação ausente, minha mãe, representou um desafio para mim, e tive de avançar na vida sem mágoas e ressentimentos.

Considere um homem abandonando seu antigo eu: sem alternativas restantes, era tempo de começar um novo capítulo, em que pensamentos e ações me moldariam em um advogado. Chega um momento na vida sem espaço para indecisões, sem beco para se esconder, onde todas as coisas se fundem: passado, presente e futuro, e nossas impressões nos colocam à prova. Na universidade, alcançamos uma fase, na qual percebemos ter abandonado a mera condição de estudante ao vestir o papel de formado. Entendam bem, uma formatura não acontece ao acaso, especialmente em cursos frequentados por pessoas dedicadas.

Formar-se é uma metamorfose, é mudar de A para B, deixando para trás quem éramos para nos tornarmos quem seremos. Muito do meu ser foi moldado pelas circunstâncias, e o que restou de liberdade eu mesmo construí.

No desafiador ambiente de casos reais e simulados do Núcleo de Práticas Jurídicas (NPJ), experimentei uma verdadeira metamorfose. Diferentemente do personagem icônico de Franz Kafka, deixei de viver como um inseto, como um pária na sociedade. Transformei-me em um humano, ao menos foi assim que me senti. Ao conquistar uma bolsa, pude deixar os bicos de garçom para trás e me dediquei às pesquisas com a coordenadora do curso.

Meus colegas de classe, muitos deles privilegiados e mimados, não compreendiam e jamais compreenderão o impacto de uma bolsa de estudos, o papel de uma política pública eficiente para pessoas menos favorecidas, ávidas por conhecimento. Claro, reconheço que muitas políticas públicas acabam sendo mal-empregadas, incentivando o comodismo. Essa é a natureza da vida: cada um utiliza o que recebe segundo seus próprios interesses, e nem sempre a burocracia é capaz de garantir a ética.

Eu tive minha chance e a agarrei com todas as forças: a primeira foi passar no vestibular e a segunda foi a bolsa do NPJ.

Vamos à luta! Eu meditava, ansiando por autenticidade, sonhando em experimentar a vida em sua plenitude, viajar, explorar o Brasil e diversos outros países e, por fim, deixar de ser moita. Tão vital quanto a lógica é o papel do acaso, que proporciona oportunidades. Permitamos que a roda da fortuna gire: os filósofos helenistas e Maquiavel absorveram esse ensinamento.

xii

Eu esperava agoniado na porta de Ruth, minha orientadora. Ela e seu marido me convidaram para jantar. Eu saberia me portar? Causaria uma boa impressão em um ambiente ao qual não estava acostumado?

Coloquei a mão diante da boca e testei meu hálito. Foi quando um homem de meia-idade, com os cabelos rareando nas têmporas, abriu a porta:

— Você deve ser o João — disse com um sorriso que, no momento, eu não soube dizer se era irônico ou carinhoso.

— Sou — respondi reticente.

— Entra! A Ruth te adora, fala super bem de você!

O piso da casa era revestido com um porcelanato de suave tonalidade cinza-branco. Percebi que tudo era muito organizado e limpo, o que me fez hesitar em entrar com meus tênis levemente sujos de barro.

— Entra, João, e não tire seus tênis. Venha.

— Ok — aceitei sem retrucar.

— Oi, João. Então, você já conheceu meu marido, Maurício! Sente-se aqui com a gente, que eu já servirei alguns petiscos.

Nessa hora, alguns cálices brilharam em cima de uma bandeja que estava à nossa frente ao lado de uma garrafa de vinho chique. A noite estava fria e úmida, uma noite típica curitibana. Maurício passou os dedos pela garganta, puxou bem o colarinho de seu casaco, se levantou e ficou de costas, ansiado.

— Pronto, gente, podem se servir — disse Ruth.

Maurício foi o primeiro a dar uma mãozada na tigela de amendoins e se serviu de uma taça de vinho tinto, que Ruth havia trazido para nós. Comecei a me sentir mais confortável naquele ambiente. Eu me servi em seguida, e começamos a conversa.

— Então, João... Conta tudo, como é que você aguenta aquela universidade? — perguntou ele e complementou dando gargalhadas.

— Eu adoro a universidade; e os professores, em sua maioria, são excelentes.

— Sei! Olha que você não precisa puxar o saco da Ruth aqui não. Aqui em nossa casa tudo é permitido!

— Para de aprontar com o garoto! — Ruth gritou ao fundo da sala, enquanto organizava uma mesa com pratos, talheres e os demais objetos para o jantar.

— Estou dizendo a verdade. Eu realmente gosto da universidade, e ela tem alguns dos mesmos problemas que estão em todos os lugares do Brasil, enfim.

— Certo, João. Te entendo. Eu também me formei lá, estudei economia, um bom curso. A maioria dos meus professores era inteligente, porém eram malas, malas pesadas, gente chata, mas me ensinaram bastante coisa. — João gargalhou.

Então ele me contou que fora para o mercado. Quando se formou, Maurício não quis seguir como Ruth, e até hoje trabalha para o sistema financeiro, e não se arrepende. Foi bolsista, vivia a universidade, mas aquele ambiente de competição, de bolsas, de assédios, de truques e favores, de colegiados e egos, na visão dele, era bem pior que o ambiente do setor financeiro. Nele, tudo é descomplicado, todos querem obter lucro, mas para ganhar dinheiro é necessário trabalhar em equipe e manter o mercado vivo e aquecido. Então, embora a luta seja de todos contra todos, no mercado aceitamos as regras, mesmo as sujas. E até mesmo os inimigos dialogam, porque vale tudo para ganhar dinheiro, e essa é uma regra simples e objetiva. Já na universidade, as regras do jogo não são claras.

— João, por favor, seja paciente com o Maurício quando ele critica a vida universitária. Ele é frustrado porque tentou entrar no mestrado e reprovou na prova! E aí, ele enche o meu saco falando mal da universidade. Além disso, provavelmente ele sente ciúmes todos os dias porque eu passo o dia inteiro lá! — acrescentou Ruth, provocando risos em todos nós.

— Compreendo perfeitamente seu ponto de vista, Maurício. Mesmo entre nós, estudantes, há um universo regido pelo ego daqueles que se consideram superiores. Essa dinâmica sempre foi comum para mim, pois estive imerso nela durante toda a minha vida — respondi.

— Maurício, pare um pouco de palestrinha e coloque uma música para nós.

Notei um tipo de relação divertida e honesta entre eles, um jeito carinhoso, e sentia uma atmosfera receptiva e agradável na casa. Foi então que ouvimos Equinox, de John Coltrane, e depois Raul de Souza, conforme Maurício me explicava. Quando me questionaram sobre quais músicas eu sugeriria para escutarmos, fiquei um pouco em dúvida, pois meu conhecimento sobre música cult era limitado e não sabia como impressioná-los. Então, sugeri que colocassem algo do Pink Floyd ou do Sex Pistols, bandas das quais eu gostava. Minha sugestão foi bem recebida, eles sorriram e Maurício colocou "Shine On You Crazy Diamond". Ouvimos Pink Floyd tomando um delicioso vinho argentino, um tal de Luigi Bosca Malbec. Logo depois, a lista de reprodução do Maurício seguia em uma pegada cult que misturava rock progressivo, jazz internacional, bossa nova e MPB.

Aquela sala, com suas paredes adornadas de cima a baixo com livros, CDs e discos de vinil; um aparelho de som vintage ao canto esquerdo, com caixas de som possantes; uma televisão em um espaço central; as estantes eram brancas, cheias de livros, um sofá em um tom cinza nuvem, e uma mesa de madeira, com uma tonalidade clara, era um espaço muito bonito para se viver, passar o tempo, estudar e namorar. Imaginei-me vivendo ali. Eu não sentia inveja da vida que eles conquistaram, sentia uma admiração verdadeira, uma alegria em poder partilhar de uma boa refeição com uma professora e seu marido que me acolheram em sua bela casa.

Minha relação com a professora Ruth equilibrava a balança do tempo. Ela estava bem perto da aposentadoria, e juntos formávamos uma equipe imbatível. Uma doutora experiente, inteligente e sagaz, mas cansada. Eu tinha o vigor da juventude e uma pujante vontade de vencer na vida, com um intelecto sedento por conhecimento.

Era Ruth quem trazia um pouco de distração ao NPJ, ela colocava música em sua sala e discutia horas a fio acerca da vida, a respeito de suas viagens com o marido e coisas aleatórias. Na maior parte das vezes, as discussões aconteciam sem objetivos claros, mas pensávamos sobre o papel da música popular na formação do povo brasileiro, por exemplo. Agora o objetivo dos artistas, mesmo os de esquerda, era se tornar famoso e receber convites para trabalhar no The Voice. Essa classe tão importante na luta contra a ditadura, se transformou em marionetes do capital. Entendíamos que parte importante da MPB se tornou descolada das massas, se convertendo em uma elite que negava sua essência e tinha muita dificuldade em conversar com a população comum, assim como os partidos de esquerda.

Comportávamo-nos como uma célula pensante, e Ruth se deliciava porque eu era fominha por trabalho, leituras e estudos. No fim das contas, me tornei seu braço direito. Fiz iniciação científica, comecei a publicar alguns pequenos artigos e resenhas com ela, me colocando entre os melhores do curso de Direito da UFPR.

Em geral, minha orientadora apreciava meus argumentos e pesquisas. Tínhamos discussões quentes, mas nossas divergências eram tratadas de forma moderada. Ela era uma pessoa notável, que praticava um feminismo nomeado por "bom senso". Ruth ria, explicando que o feminismo praticado no Brasil fora escrito por homens espertos. Que a pauta das mulheres deveria ser questões relevantes, como salários igualitários, espaço político, respeito à sua capacidade intelectual, segurança no ambiente de trabalho, combate ao assédio, mas que as mulheres focam todas as suas forças na suposta liberdade sexual, que nada tem de liberdade para as mulheres e sim para os homens transarem à vontade, sem que precisem assumir um compromisso. Sua tese sobre o assunto era:

"O homem cospe, a mulher embucha". Assim, a vida de uma mãe estaria, para sempre, voltada ao cuidado com a criança. Por outro lado, o homem teria a total liberdade de se esquivar dessa responsabilidade, alternativa que não estaria disponível para a mulher. O homem, conforme ela descrevia com humor, "colocava o boneco para dentro", "brincava alguns segundos", removia e dava uma "balançada no boneco", e já estava pronto para pegar outra mulher e, assim, quantas vezes desejasse. Isso não se trata de feminismo, definitivamente não, e ela sempre repetia esses casos e expressões.

Se o feminismo, conforme nos explicava Ruth, também tratava do direito de a mulher escolher se relacionar sem nenhum compromisso, esse suposto "querer ou não querer", essa suposta liberdade de gozar, estaria levando as mulheres a uma "auto-hipersensualização".

É claro que elas têm todo o direito de serem livres, gozar como quiserem, com quem quiserem, se vestir como preferirem, além de amar e serem felizes. No entanto, segundo Ruth, essa tese é parte de um conjunto de pautas, e a questão sexual não deveria dominar todo o debate.

A igualdade é uma filosofia simples e legalista: mulheres e homens são iguais em direito. Segundo ela, fotos, selfies, esportes erotizados, e tudo isso praticado sem o uso de colã, ou calças, ou shorts, mas sim de calcinha e sutiã, ou às vezes sem lingeries, com movimentos erotizados, fotos e vídeos focando nas genitálias, permitiria que a "macharada" fruísse ainda mais seus fetiches!

No capitalismo, o que surge como uma arte libertária, para as mulheres, se transforma em fetiche masculino. Ruth admitia que esse é um tema polêmico, porque ao mesmo tempo que o desejo artístico é justo e livre, por outro lado, o que antes era praticado nos strip clubs, cabarés e nos circos, com pagamento, se transformou em atividades sensuais gratuitas, disseminadas nas redes sociais. Então, o que para a mulher é arte, se manifesta como fetiche para os homens; e isso é um problema, sem soluções fáceis. Portanto, o legado original do feminismo, de acordo com Simone de Beauvoir, que era a luta pela igualdade e não a superioridade feminina, parecia, em certo sentido, ter se transformado em uma prática sexista que servia para agradar aos desejos dos machos.

Outro ponto levantado por Ruth era mostrar que a criminalização dos homens não tinha nada a ver com o feminismo. O feminismo não poderia ser o contraponto do machismo, no sentido de replicar as estruturas do preconceito machista por uma inversão dos polos, isto é, que agora as mulheres tomariam o controle e os homens seriam subjugados. Sua análise era tão original ao ponto de criticar alguns elementos da Lei Maria da Penha que, na visão dela, é importantíssima; no entanto, a lei deveria estar disponível, igualmente, para homens, mulheres, gays, enfim, para todos. Por fim, ela ainda ironizava: "vocês acham que uma mulher é incapaz de cometer alienação parental, mentir, perseguir, violentar, torturar e matar, pelo fato exclusivo de ser mulher? O problema não é ser homem ou ser mulher, ser gay ou ser hétero, o problema é o indivíduo, a pessoa humana. Todos erram, todos acertam, todos podem errar, e as leis devem ser para todos, todas e todes".

Eu jamais havia lido ou ouvido um relato tão polêmico sobre esse tema saindo dos lábios de uma mulher, com tantos argumentos precisos e observando os vários lados. E ela explicava tudo isso contextualizando a partir dos conceitos clássicos, conhecedora de toda a obra de Simone de Beauvoir de trás para a frente.

Bagunçando ainda mais nossas mentes, explicava em sala que esse feminismo atual foi criado por homens capitalistas sagazes. As mulheres continuavam apanhando em casa e fazendo o trabalho doméstico sozinhas, mas agora precisavam trabalhar fora 8h por dia e dividir a conta do jantar com o homem. E os homens não precisavam mais pagar por prostitutas, pois os conteúdos pornográficos estavam sendo produzidos e divulgados de maneira gratuita através desse suposto empoderamento feminino.

Conhecedora de homens e mulheres de caráter duvidoso, interagiu com eles ao longo de sua existência como mulher, professora engajada, advogada e magistrada aposentada, e tinha ciência de que a natureza humana oscila entre o angelical e o demoníaco, como acreditava Pascal.

Inspirado por suas aulas magistrais, realizei uma pesquisa sobre um tema polêmico. No encontro do Simpósio do Curso de Direito da UFPR, apresentei um artigo sobre alienações parentais realizadas por mulheres. Eu gostava de estudar temas complicados e que poucos tinham coragem de tocar. Os vespeiros me atraiam, e nos debates universitários, o caos me seduzia.

Nesse processo, ao mesmo tempo que eu progredia na academia, o tempo me moldava como adulto. Meus traços de moleque desapareciam, a barba crescia, fiquei mais robusto, ganhei um pouco de peso. Meu queixo ficou saliente, meu olhar mais penetrante; eu estava deixando de ser um menino e me tornava homem. Minha altura de um metro e setenta e nove era o suficiente para chamar atenção. Longe de ser bombado ou gigante, minha aparência estava em um bom padrão e as oportunidades começaram a aparecer.

Perdi minha inocência com dezesseis anos, jamais esquecerei. Naquela fase da minha vida, costumava passar meu tempo livre na calçada, fazendo os meus deveres. Jeferson, um colega da minha idade e com preocupações similares, fazia suas tarefas escolares comigo. Passávamos muitas horas imersos nos livros, ouvindo música e trocando ideias enquanto observávamos a movimentação da rua. Fomos bons amigos. Sua irmã, Violeta, já na casa dos trinta, tinha uma filha pequena.

Sempre que Violeta se aproximava, ela me lançava um olhar distinto. A vida desta mulher se limitava ao cuidado com a criança, restringindo todos os seus dias a permanecer dentro de casa, ou na soleira da porta, ou passeando pela rua. Meu conhecimento sobre ela era limitado, sabia apenas que era irmã do meu amigo, que tinha uma filha pequena, estava provavelmente separada do pai da criança, e que era branquinha e magra, bem magra — um traço que não me atraía muito em mulheres, principalmente aquelas que não apresentavam bunda. No entanto, ela tinha um gingado chamativo, meio ensaboado. Embora fosse mais velha que eu, por ser bem magrinha, caminhava com um jeitinho de menininha travessa, e eu especulava que, talvez, ela fosse assanhada. Eu ficava imaginando que ela era do tipo daquelas mulheres quietinhas, mas que escondia uma essência ousada na vida privada. E Violeta ficava rosada quando me olhava, como se quisesse conversar.

Em uma noite, na frente da minha casa, enquanto eu estudava, ela chegou sorrateira como uma sucuri e tirou o lápis da minha mão. Deu risadas, e viu que eu não entendi bem o que se passava.

— Ei, João. Você quer seu lápis?
— Claro, respondi!
— Então venha buscar! — E Violeta saiu correndo para sua casa, deixando a porta entreaberta.

Foi nesse dia que senti o perfume e o toque de uma mulher em meu corpo. Ao entrar, percebi que sua casa estava vazia, pois o seu irmão, a sua filha e sua mãe, todos tinham saído. Ali estávamos nós: eu e Violeta.

Ela levantou o lápis com a mão direita bem alto, e eu me aproximei tentando pegá-lo, me encaixando dentro de seus braços. Foi então que a minha boca roçou seu colo, e ela imediatamente me abraçou com vontade, jogando o lápis no chão.

Eu não sabia beijar, mas não precisava de ensaio. Ela tomou toda a iniciativa, me agarrou e lambeu o meu pescoço, colocando sua mão esquerda dentro do meu short e começou a me tocar.

— Espera! — disse ela. — Vou pegar camisinha.

Eu era ignorante sobre como encapar. Então, ela assumiu a tarefa, indo até o seu quarto e voltou com um pacote plástico, abriu e me ajudou.

Eu estava com o coração explodindo; nunca olhei para a irmã mais velha do Jeferson com alguma esperança. Linda ela não era; feia também não. Ela era uma mulher normal, mais velha do que eu e com os cabelos curtos, loiros, estilo Chanel. A pele do seu rosto era desgastada, marcando que sua vida era difícil, mas ela era simpática e estava ali, me massageando com maestria.

Fomos ao sofá. Enquanto ela deslizava suas mãos em mim, tirei sua blusa e notei que seus peitinhos eram pequeninos, mas durinhos. Em sua barriga, observei a cicatriz de uma cesárea, um indício perene de sua maternidade. Apesar de achar encantador, percebi que ela se sentiu desconfortável quando eu toquei aquela cicatriz.

Logo depois, sem tempo para refletir, aquela magrinha se sentou sobre mim no sofá e cavalgou com violência. Foi o suficiente para que ela se satisfizesse. Eu ainda estava assustado e não conseguia finalizar, mas aí ela cochichou no meu ouvido que precisávamos terminar, pois sua família estava voltando.

— Faz gostosinho nessa menininha, vai. Não para, não para agora. Estou de novo, dá na menininha, João! Come a Violetinha gostoso! — E foi com a voz dela sussurrando outras coisas incompreensíveis em meus ouvidos que nós alcançamos o clímax, e eu me lambuzei.

Após esse dia, ela nunca mais falou sobre o assunto. Jamais me convidou para repetir a cena, ela apenas sorria para mim. O último toque daquela mulher foi após eu juntar o meu short, naquele mesmo dia; e quando me vesti, ela deu um beijo em minha bochecha e disse: "Se cuida, gatinho!".

Eu fui embora em silêncio. Está certo, nem sempre a primeira vez é péssima, mas também, por vezes, não é a realização máxima de nossas fantasias de adolescente. Por acaso ou por destino, Violeta passou por mim como uma lembrança gostosa e estranha, em um acontecimento inesquecível da vida de um guri em processo de se transformar em homem.

Violeta se foi para sempre, e durante minha apresentação na universidade me envolvi em um fervoroso debate com uma ouvinte. Correm os anos, torno a vê-la. Para minha surpresa, Beatriz, a mesma pessoa do meu trote, reapareceu e me interrogou de todas as maneiras, tentando desmontar meus argumentos. Ela era astuta, mas, modestamente falando, aquele era o meu tema de pesquisa e eu o dominava.

Analisei vários casos em que mães obtêm pensões alimentícias desproporcionais, utilizando estratégias de vingança para perpetrar atrocidades que afetam o bem-estar psicológico, a estabilidade econômica e a vida social dos pais. Registrei provas de um punhado de casos estudados em que as mães se mostram como vítimas aos juízes e a sociedade, simulando abandono e agressões, fingindo que os pais não querem participar das vidas dos filhos, alegando falsamente que vivem como responsáveis únicas.

Nos casos analisados, elas utilizaram todo o sistema jurídico e de proteção à mulher para afastar seus ex-parceiros da vida dos pequenos, cometendo crimes graves contra os filhos, prejudicando a família e afrontando toda a humanidade. Por fim, salientei as estatísticas alarmantes de suicídios entre pais que sofreram alienação parental, um fenômeno que raramente era discutido na imprensa brasileira.

Enfatizei que o combate ao feminicídio era fundamental, porém mostrei que, além do mundo que se vê e nos acalma, com leis que protegem as mulheres, há outro que não se deixava ver. Como é sabido, debater e divulgar sobre esses tópicos de uma perspectiva abrangente era quase cometer um delito, mas decidi enfrentar esse perigo, expondo um pouco da hipocrisia que permeia nossa sociedade. Tanto homens quanto mulheres podiam errar, ambos eram capazes de usar seus filhos, e os dois sexos eram culpados de existir neste mundo sem lei. Como diria Montaigne: o direito é um atenuante; justiça em absoluto, só a divina.

O debate foi quente, pegou fogo. Mas o que ardia mesmo era meu coração. Estremeci, mas me controlei. Desejava brigar com ela, refutá-la mostrando que minha pesquisa era sólida e meus argumentos inquestionáveis. Desejava pegar naqueles cabelos, apertar o seu quadril, puxá-la contra meu corpo, tocá-la, beijá-la, tê-la em meus braços e não soltá-la nunca mais.

Durante toda a minha vida sempre fugi de confusão, aceitando minha condição social. Porém, naquele dia, sem pensar, abandonei o estoicismo. Sempre soube que a sociedade de classes nos dividia. O problema é que meu coração foi mais forte do que a razão e saí do debate em direção a ela. Bem próximo, perguntei:

— O que você faz aqui, depois de tanto tempo sem nos vermos?

Fixei meu olhar em seus olhos. Toquei seu braço direito, como se pedisse permissão para aproximar-me ainda mais. Então, fiz o convite:

— Estou no mesmo barco que você! Vamos tomar uma cerveja no boteco em frente à universidade. Eu não me esqueci do seu sorriso!

Ela me olhou pasmada e corou. Não entendeu bem o que se passava. Após uns cinco segundos de pausa, Beatriz se lembrou de mim e do que aconteceu no trote.

Seu semblante se iluminou. Via-me agora nessa nova realidade: bem mais forte, maduro, bonito. De qualquer maneira, minha abordagem irracional e decidida funcionou. Ao que ela respondeu:

— Ei, calouro. Você continua abusado... Mas vou tomar uma cerveja contigo!

Finalmente aconteceu.

xiii

Nem meu cérebro trincando pela cerveja gelada conseguia diminuir o calor que sentia contemplando Beatriz diante de mim: meus batimentos cardíacos martelavam feito uma metralhadora. Como todo típico bar de faculdade, a cerveja era bem gelada, o preço era bom, a música era alta e o ambiente era animado. Milhares de universitários se formam em seus bares, indo de vez em quando fazer provas e assistir a algumas aulas. A universidade sem um bar nas proximidades é como arroz puro e sem feijão.

A vida universitária depende desses espaços de discussão e relaxamento entre estudantes e professores. Como os filósofos medievais proclamavam: "In vino veritas" — *A verdade está no vinho*. O perigo está aí, pois outros milhões de estudantes acabam não conseguindo se formar por ficarem em bares. Tive receio de me tornar parte daquele grupo de fracassados e, ciente desse risco, optava por manter minha disciplina à moda cartesiana.

Naquele ambiente, conforme Beatriz se animava, rompia o pudor da situação, me provocando:

— Calouro, eu sei que você é nerd! Você tem namorada?

— Não, não — disse eu rapidamente.

— Então venha dançar comigo! — ela exclamou.

Passamos bem umas duas horas dançando. Encaixamos, dançando ao som de tudo, desde sertanejo, brega até funk. Parecia que ensaiamos por anos e a mesa do lado nos observava como dois namorados apaixonados. Muitos casais, no auge do romance, não tinham aquela química.

Enquanto ela dançava e rebolava à minha frente, eu estava atrás dela, ousando tocar seus quadris. Assoprava em seu ouvido e sussurrava que, no debate, os argumentos dela foram facilmente refutados, que ela precisava conhecer o mundo de verdade e que, até então, se refugiava em uma vida segura com aquele namorado mala.

Com mais ousadia, apertei firme em sua cintura por trás. Confessei que estava louco para beijá-la, garantindo que, se ela permitisse, jamais se arrependeria. Tudo isso a fez estremecer, se afastar e me cutucar:

— João, você é um mentiroso! De nerd você não tem nada, você é um cafa! Sabe o que é um cafa?

Dei muita risada e complementei:

— Um cafajeste?

— Isso mesmo, seu safado. Você sabe que estou namorando sério! Se acalma, garoto!

— Sim, sou bem safado — respondi, rindo. — O teu namorado tem um jeitão de idiota, de babaca metido e eu não quero nada com ele! Eu quero é você!

— Hummmm... Você não me engana, João. Você é perigoso, é um falso nerd, e eu gosto do perigo, mas não vou cair na sua! Calouro, eu já namoro há seis anos. Sou noiva e vou me casar. Olha o anel que ele me deu!

— Beatriz, deixa disso! Esse idiota acha que te conquista com esse anel? Isso aí não significa nada, ou melhor, só mostra que ele quer te comprar! Eu te pedi em casamento? Eu te pedi algo? Eu só te convidei para tomar uma cerveja comigo!

Beatriz se silenciou por uns dois minutos, me olhando com um ar de mistério.

Senti que ela gostou da minha atitude firme e decidida, que contrastava com a minha natureza dócil e educada. Creio que foi naquele instante que pisamos em campo minado.

Olhando bem para mim, ela continuou:

— Você é muito esperto, garoto! Está ok, não quero te chatear com essa história de namoro. Vamos brindar. Brinda comigo, João!

— Sim, mas vamos brindar a quê?

Eu desejava fazer promessas vazias, mentir e tentar convencê-la a ficar comigo para sempre. Tive o impulso de pedir a ela que desfizesse seu noivado, que jogasse aquele anel fora. Mil pensamentos passaram pela minha mente. Fiquei tonto e irracional. No fundo, meu coração acelerava. Louco de amor por aquela mulher, sabia do nosso pacto silencioso. Não falaríamos sobre o futuro, para apreciar o eterno presente.

Eu sorri, mantendo meu olhar preso aos seus olhos castanhos cor de mel. Suas bochechas estavam bem vermelhas, como duas maçãs maduras. A blusa folgada realçava seu colo, e aquela pele macia parecia me hipnotizar, enquanto revelava os belos ombros adornados por cabelos longos. Naquele instante, ela era a mulher mais atraente e envolvente de todas. Mas será que isso era real? "Serão os nossos olhos que emprestam beleza às coisas?", ponderei.

Sim, um misto de filosofia e desejo me dominou, algo confuso. Confortado e levemente entorpecido com aquelas impressões, sugeri:

— Vamos brindar ao inesquecível dia de hoje, ao 12 de setembro; nosso dia que se repetirá por toda a eternidade!

E foi com essa frase que brindamos, bebendo em homenagem ao imponderável.

xiv

Uma aura de mistério, que envolvia uma das espadas de São Jorge que repousavam na entrada da república, me interrogou:

— Você tem certeza disso? Qual caminho você deseja trilhar em sua vida? Seus dias são monótonos! — complementou a misteriosa planta.

A voz da espada me desafiava e minha mente fervia. Enquanto eu encarava aquela planta questionadora, enigmática e brincalhona, ela parecia me conhecer profundamente, melhor do que eu mesmo. Ela fazia como se todo o projeto da minha vida estivesse sendo decidido naquele instante. Sentia-me diante de uma encruzilhada, obrigado a escolher entre dois caminhos: qual seria o correto?

Tentei articular uma resposta, mas minha boca estava paralisada. Um mero murmúrio escapou, e a saliva escorreu pelo canto direito dos lábios. Um espelho à frente revelava minha boca fechada, confirmando minha incapacidade de responder.

Apesar de meu esforço, notei que ainda estava incapaz de reagir. Eu tentava esclarecer que não sabia de nada, que vivia de maneira simples. Olhei para duas estradas nebulosas e, mesmo sem saber por onde seguir, ansiava que uma delas me conduzisse a uma vida plena, pensei.

— Eu leio seus pensamentos — a planta complementou. — Moro na sua alma, no núcleo de sua subjetividade; portanto, esconder desejos é inútil. Sei que você almeja usar coisas de qualidade, sonha em ser feliz. Deseja viajar e luta para melhorar o seu estilo de vida. No entanto, nada disso resolverá seus problemas.

Tentei gritar novamente, mas não consegui. Aquela luta se acirrava, até que fechei bem os olhos, buscando refúgio na esperança de que tudo não fosse real. Refleti que aquele diálogo louco poderia ser apenas uma criação da minha mente confusa, desejosa de tomar decisões que não controlo.

A planta desapareceu, e me senti aliviado e preocupado, ao mesmo tempo. Reconheço que jamais fui o senhor da minha vida, e que não adiantava tentar gritar ou querer dizer à planta algo contrário, pois eu vivia um projeto exterior aos meus desejos.

Mas a angústia passou.

Lentamente, abri os olhos com dificuldade. As cores estavam embaçadas. Eu estava relaxado e não conseguia acordar como de costume. Logo, não entendi bem onde estava, pois tudo parecia estranho e fora do lugar. Pouco a pouco, recobrei a consciência e no meu quarto enxerguei o velho guarda-roupas bagunçado, enquanto minha cabeça doía.

Vi roupas que não eram minhas e estavam jogadas no chão, e uma forte dor de cabeça fez que eu fechasse os olhos por mais uns dez segundos, me concentrando em fazer aquele incômodo passar.

Meio tonto, olhei para baixo e não acreditei que Beatriz estava despida dormindo em meu peito. Sua tez era fina, seus contornos, perfeitos. Seu quadril elevado lembrava o estilo das mulheres que eu via nos filmes. Tudo harmônico e durinho. Eu nunca havia visto uma mulher nua tão atraente quanto ela.

Aquele instante era diferente dos outros, eu sabia disso. Tratava-se de um acontecimento sonhado, mas inesperado. Quando, por fim, consegui enxergar direito, decidi não me mover, aproveitando ao máximo a oportunidade de tê-la comigo. Consegui me sentar e a acomodei em meus braços. Sem acordá-la, presumo que permanecemos assim por quase uma hora, quando ela finalmente despertou, se espreguiçou e olhou para mim bem assustada.

— Puta merda, calouro! Você é um filho da puta!
— O que foi, Beatriz?
— Eu sabia que você era um grande problema, desde a primeira vez que te vi!

XV

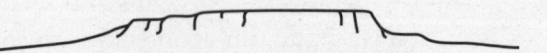

Não é preciso detalhar a minha decepção. O problema de uma noite como essa é que ela te muda para sempre. Encontros ocasionais não eram novidade para mim. Diversas vezes fiquei sem compromisso com mulheres atraentes e interessantes. Eu era pobre, mas quem disse que pobre não sabe namorar? Em vários sentidos, a vida dos menos privilegiados supera a da classe burguesa. No entanto, no tabuleiro de minhas experiências, a noite em questão deixou uma marca profunda.

Quando se tem um encontro tão intenso, com alguém que se deseja verdadeiramente, cuja presença faz o corpo se arrepiar e o coração bater mais forte, tudo se complica.

Minha filosofia de vida foi abandonada, junto à inspiração cartesiana em ser moita. Nas palavras de Descartes: "Bem vive quem se esconde." No entanto, nem mesmo Aristóteles, Marco Aurélio, Sêneca e Descartes poderiam acompanhar meus sentimentos. Até a condição econômica que me definia fora esquecida. Como um teatro de pensamentos, no palco da minha mente só havia espaço para aquela nova protagonista.

A contribuição do corpo é tão crucial quanto o funcionamento da consciência. O que percebemos no cérebro como pensamento — através de conhecimentos abstratos e conceitos armazenados que nos permitem organizar o passado, presente e futuro — se manifesta como experiência em nossos dedos, boca, olhos e demais partes do corpo que fruem.

A mente, essa capacidade cerebral de pensar — seja qual for sua natureza —, não está alojada na carne, como se o corpo fosse uma máquina e o pensamento seu piloto. Carne e pensamento são unificados: todo o meu ser foi arrebatado por Beatriz, e me deliciei. O que cada corpo mostrou e escondeu se fez movimento naquele encontro. Eu estava delirando!

Há aqueles que questionam a realidade do amor, considerando-o um estado da alma, uma paisagem externa fantasiosa que interpretamos através de nossa percepção interna, para a continuação da espécie. Essas pessoas acreditam que nosso corpo e mente experimentam tais emoções devido a uma necessidade biológica. No fenômeno que denominamos amor, frequentemente nos encontramos num tipo de delírio irracional, em que, muitas vezes, apenas um dos envolvidos é arrebatado. Em *O Banquete*, obra de Platão que explora vários discursos sobre o amor, a questão da desconexão é central, pois amar é um desejo louco de se conectar a alguém, como se isso definisse tudo e que tudo ganharia significado através dessa ligação metafísica.

Inexperiente e sem habilidade, me encontrava entre meus devaneios e a percepção do que estava acontecendo. Enquanto isso, ela aproveitava esse momento para realizar sua higiene pessoal e para conversar um pouco comigo, claramente constrangida. Foi nessa hora que nossos olhares se cruzaram.

— Calouro, nossa noite fica entre nós. Eu nunca fiz isso antes com outra pessoa. Eu tenho namorado! Você é um querido, mas cara, vou te pedir. Lembre-se desse dia, mas não conte para ninguém. Não me procure, por favor. Continuamos amigos, ok?

Eu concordei com a cabeça e, enquanto absorvia o impacto da revelação, ela se levantou, vestiu-se rapidamente e partiu, deixando memórias que gerariam efeitos incertos no futuro.

No resguardado silêncio do quarto, entre o lençol desfeito pela agitação de ainda há pouco, separamo-nos como se nada tivesse acontecido. Sem trocar números de telefones, sem promessas vazias, sem enganos: apenas as memórias daquela noite, em duas mentes distintas e independentes. Ninguém conhecia nossa pequena história, apenas nós éramos os guardiões daquelas lembranças, de segredos inocentes que permaneceriam não compartilhados.

Se este mundo fosse diferente, eu iria atrás dela. Mas o mundo comanda nossas ações, somos conduzidos a estradas que devem ser seguidas, sem desvios ou rotas de fuga.

Dias depois, consegui me recompor e continuava firme com meus planos, que se desenvolviam conforme planejado: não poderia permitir que o meu espírito se transformasse em uma peteca. Minhas ações deviam ser precisas como flechas lançadas por um excelente arqueiro.

xvi

Promovemos uma vaquinha, festas e cervejadas, vendemos rifas e brigadeiros — e cada esforço valeu a pena. Com o montante arrecadado, a festa de formatura seria inesquecível. Sim, eu me formava em Direito pela UFPR!

Estava escrito que eu me formaria advogado? Não tenho conhecimento para assegurar que Deus se sentou em uma cadeira e desenhou todos os acontecimentos de todas as coisas, para toda a eternidade. Quando penso nessa possibilidade, acho Deus bem chato e desocupado, imagino que o mundo é sem graça e que a ideia de livre-arbítrio é uma fraude.

Na noite de formatura, tocou de tudo, principalmente sertanejo, pagode, funk e flashback. Foi superanimado. Tinha duas bandas, além do DJ. Fui homenageado com outros colegas destaques. Fizemos juras de amizade, brincamos com todos, dançamos de todas as maneiras e esgotamos as bebidas disponíveis. Era uma festa de verdade, para jamais esquecer. Não via o tempo passar, não era dor nem prazer; uma coisa mista, alívio e saudade, tudo misturado, em iguais doses, e mãezinha estava ali dançando comigo, em meus pensamentos.

Nossos professores participaram conosco sem frescuras e bebemos juntos. Ruth, minha orientadora, me surpreendeu com uma caneta Montblanc, dizendo que um talento como eu não poderia continuar trabalhando com uma Bic quatro cores, coisa de menino. Dei risada e disse que continuaria usando minha Bic, mas agradeci de coração.

Após conversar bastante com meus professores, na sequência, notei que uma amiga vinha em minha direção: era a Carolina.

— Oi, João! Você dançou a noite toda e não vai dançar uma música comigo?

— Fiquei com vergonha de chegar na mesa, toda a sua família estava ali! Mas será um prazer dançar contigo. Vamos?

Seus olhos se iluminaram e ela abriu um sorriso enorme.

Fomos até a pista de dança, e começamos a dançar uma música do ritmo sertanejo universitário, com uma letra bem bizarra, mas era o que tínhamos naquele momento.

— Nossa, faz tempo que a gente não se encontra para conversar — disse ela.

— Pois é, essa formatura, o TCC e as últimas provas sugaram nosso tempo. Mas tudo valeu a pena! Mudando de assunto, você está deslumbrante hoje — complementei com um elogio.

— Você gostou da roupa?

— Ela ficou perfeita em você, e combinou com os seus olhos!

— Ora, ora... você se tornou um grande galanteador, quem diria!

Ambos rimos e continuamos dançando.

— E agora, João? Tudo será diferente, né? A faculdade acabou... e como passou rápido!

— Sim, cinco anos, mas parece que foram cinco dias — respondi.

Dançamos mais duas músicas animadas, quando Carolina disse:

— João, vou ao banheiro e ficarei um pouco na mesa com a minha família. Depois dançamos mais. Tudo bem?

— Claro! Vai lá. Até depois.

Eu continuei conversando e me divertindo com meus colegas. Nós dançamos, choramos, gritamos e consumimos inúmeras garrafas de uísque e tequila. Embora eu ainda fosse solteiro e considerado nerd, havia adquirido uma reputação modesta de galanteador. Não me considerava um conquistador, porém qualquer flerte com uma mulher atraente se tornava o tópico de conversa na classe, principalmente devido a minha falta de sucesso nessa área.

Carolina, minha colega de classe, era uma mulher de aura inconfundível. Engraçadíssima, negra, elegante, trabalhadora, inteligente e bonita, ela tinha potencial. Com uma boca carnuda, desfilava um sorriso marcante. Tinha algo como um metro e sessenta e cinco de altura, sempre alinhada e de salto alto, destacando-se como uma das mais interessantes daquele ambiente. Embora houvesse outras duas colegas que disputavam em beleza, ambas eram comprometidas, e Carolina se sobressaía como a melhor opção da nossa turma.

Quando se está imerso em um curso de cinco anos, como é o caso do curso de Direito, você vive e respira essa atmosfera, principalmente no meu caso, que estava naquele espaço de corpo e alma. Por muitos anos, Carolina foi minha dupla e apresentávamos todos os trabalhos juntos. Ela era honesta, dividia as tarefas e tínhamos uma ótima afinidade com assuntos jurídicos. Eu me pegava pensando que se nos uníssemos, se nos apaixonássemos, seríamos o par perfeito. Batalhadora sobrevivente, ela não era tão pobre quanto eu, porém tínhamos afinidade de classe social, nos estudos e de temperamento. No entanto, os sentimentos humanos afloram segundo seus próprios mistérios.

Ficamos juntos por três vezes no penúltimo ano da faculdade. Foi bom, mas não encontramos a química necessária para uma quarta tentativa, que decidiria tudo e colocaria em risco nossa amizade. No fim das contas, em minha mente, a imagem dela como amiga se mesclava com o interesse em senti-la como uma mulher atraente.

Cerca de três da manhã, eu, já ligeiramente embriagado e escorado em uma coluna, tive uma surpresa. Beatriz estava a uma certa distância conversando com um conhecido da universidade. Reconheci-o como o Jean, um dos estudantes que haviam sido honrados por suas notas excepcionais. Ela estava com uma mão nas costas dele, davam gargalhadas e pareciam ter uma amizade íntima.

Seu olhar foi fatal. Assim que ela me reconheceu, se despediu rapidamente de Jean e caminhou com determinação em minha direção. Beatriz, então, agiu de forma decidida, agarrando o meu braço e me conduzindo até a pista de dança. E, de fato, bastou colarmos os colos, minhas mãos pousarem em sua cintura, seus cabelos baterem em meu rosto, seu perfume exalar, para eu estremecer e ficar rendido.

Dançamos sertanejo universitário e funk, algumas músicas com letras bem ousadas, porém animadas e boas para se divertir. No meio da dança, eu a girei várias vezes, puxava e voltava, deixava que caísse e a segurava pela cintura. Justiça se faça: eu não era profissional, mas sabia bem entreter uma mulher dançando. Além disso, eu estava muito bem-vestido, perfumado e alinhado. Havia me tornado um homem pronto, completo, formado, um bom partido.

Naquele êxtase, Beatriz falou no meu ouvido:
— Você dança bem e é cheio de artimanhas!
— Beatriz, meu amor, na guerra, toda arma é válida!

Ela dava mil gargalhadas, e rimos e conversamos enquanto dançamos mais duas músicas românticas.
— Se esqueceu da nossa noite no bar? — perguntei.
— Nós combinamos segredo, fica quieto!
— Foi tão ruim assim?
— Para de ser bobo, seu chato!
— E o que você está achando de mim agora?

E foi quando ela me olhou assustada e disse:
— Que merda!

Nesse exato momento apareceu o playboy do Enzo.

Sem hesitar, Enzo rapidamente a puxou pelo braço e perguntou o que ela estava fazendo comigo e por que não atendia suas ligações.

Beatriz balançou a cabeça, ficou uns dois segundos desnorteada. Foi quando ela voltou a si e respondeu:
— Não sou obrigada a nada. Estou dançando com um amigo e não preciso dar satisfações a um babaca como você.

O clima ficou bem estranho, tenso; o rapaz ficou furioso e ameaçou agir de maneira enérgica.

Embora eu não fosse brigão, jamais tive medo de apanhar e estava preparado para confrontá-lo, se fosse necessário. Honestamente, ele era maior e, apesar de sua evidente força, eu confiava na minha essência enraizada na periferia, que poderia desafiar todo o poder do whey protein que ele consumia.

Finalmente, Enzo olhou para ela e disparou:

— Você é uma idiota! — dando-lhe um empurrão leve antes de sair da festa.

Beatriz ficou devastada, chorou, lamentou-se, e em vinte minutos voltamos a dançar como se nada tivesse acontecido.

Aquela foi, sem dúvida, uma noite especial.

xvii

Nada está presente de maneira absoluta: o bem e o mal são conceitos relativos, a virtude é uma farsa e o vício, um palavrão? Tudo progride do apropriado ao inapropriado, e vice-versa?

As coisas se tornaram maravilhosas e complicadas. Ficamos grudados por dois meses, evitando falar no assunto Enzo. Ela aceitava meus programas e eu era bem criativo em agradá-la dentro da minha limitação econômica. Cozinhávamos na república, íamos a parques, museus, CNBB, SESC, palestras, festas populares, feirinhas, botecos, enfim, toda e qualquer programação gratuita ou barata, eu fazia com ela.

Ela demonstrava que gostava de mim. Da minha parte, eu me sentia profundamente apaixonado, mas procurava manter os pés no chão.

Após doces dois meses, sem votos de namoro e sem saber se era minha, a situação dela com Enzo permanecia um mistério. Foi no auge desse período de paixão, em uma noite dessas, que Beatriz me chamou para uma conversa.

— Calouro! Eu gosto muito de você, mas preciso te pedir perdão.

— Agora fiquei com medo! Faz muito tempo que você não me chama de calouro! O que foi, amor? — indaguei.

— Preciso te contar a verdade, e acho que essa conversa nos afastará.

Eu quase desmaiei, não entendendo bem o que se passava. Atônito, respondi:

— Fala, fala de uma vez!

— João, estou grávida de dois meses e não sei se a criança é sua ou do Enzo.

"Aí vindes outra vez, inquietas sombras..."

Na mitologia grega, Cronos pertence aos Titãs, detém o controle sobre os destinos e possui o poder de consumir tudo. Fiz uma súplica a Cronos e busquei contê-lo na tentativa de mapear meus sentimentos perante os eventos. Uma parte de mim sempre admitiu a inviabilidade daquela paixão, encurralada pelas classes sociais que nos distanciam.

Minhas memórias escorriam entre meus dedos, deixando-me vulnerável ao meu passado. Sem controle sobre minhas recordações, acreditava que a conexão repentina que compartilhamos rompeu barreiras e que meu futuro poderia ser mais suave. Contudo, a realidade se apresentava, cobrando o preço da minha audácia.

A conversa foi franca e direta; ao menos foi a minha percepção.

— Beatriz — falei, segurando sua mão.

Um silêncio profundo inundou o espaço entre nós. Ficamos ali, olhando um para o outro. Imóveis por um longo período. Foi a partir desse instante, sutil e imperceptível, que a decisão se estabeleceu, sem reflexão; ali, antes mesmo de eu me dar conta.

— Você falou com o Enzo sobre isso?

— Sim, conversei há duas semanas, mas não fiquei com ele! Desde a formatura, não me envolvi com mais ninguém, só com você!

— Entendi. Mas o que ele te disse?

— Ele afirmou que não está mais comigo e que o filho é seu. Mesmo que fosse dele, sugeriu que eu abortasse! Enzo é um louco desgraçado, João! Como fui burra em ficar tanto tempo com aquele filho da puta!

Beatriz gritava e chorava desesperada. Em estado de pânico, lamentava a relação de tantos anos, a confusão com um homem próspero que a pressionava a cometer um delito, negando eventos que continuavam a cobrar seu preço.

Ela me olhava com hesitação, parecia estar decidida entre pedir desculpas ou expressar arrependimento. Ciente de meu desejo por ela, mas também consciente de que a revelação estava sangrando meus sentimentos, o resultado de tal confissão permanecia incerto.

A fortuna costuma trocar de mãos; contudo, nunca é adquirida sem um custo, sem reciprocidade, de maneira transparente e imaculada, como se os desejos humanos se transformassem em triunfos. Como o poder das circunstâncias se revela imenso!

Com vinte e cinco anos, me formei em Direito na prestigiada Universidade Federal do Paraná e consegui uma promissora sociedade com três colegas de turma.

Seguindo meus novos planos, com trinta anos conquistei uma boa estabilidade no escritório, e as coisas se acomodaram de maneira natural. Já aos quarenta e quatro anos, atingi meu primeiro milhão em investimentos. Tinha uma vida familiar estável, com três filhos e esposa.

A vida parecia bela, como se fossem fotografias de uma felicidade pura e intacta. Eu acreditei que um grande amor poderia ser uma trégua na dureza da vida.

PARTE II

xviii

Os homens, míopes por natureza, veem o mundo através de um véu deformado por desejos e emoções, moldando seus entendimentos das coisas, eles criam fantasias revestidas de realidade.

Durante aquele tempo, sem razão aparente, muitas vezes eu simplesmente me questionava: éramos felizes?

Entre recordar a certeza passada e questionar o presente, o que o futuro reserva?

A vida é uma ópera.

Justo quando comemorava a conquista do meu primeiro milhão em investimentos e sucesso profissional, uma onda esmagadora de dívidas, desejos e conflitos se multiplicou. Embora houvesse um milhão em investimentos, parecia que os gastos e compromissos assumidos excediam esse valor, e tudo isso sem necessidade, por pura escolha nossa.

Os projetos apareciam e se realizavam de maneira irrefletida. Nesse período, meus filhos frequentavam uma respeitável escola católica em Curitiba, mas, de forma pouco planejada, decidimos matriculá-los na escola mais cara frequentada pela elite local. Sendo franco, eu não tinha consciência das extravagâncias que estávamos cometendo.

Optamos por uma casa em um condomínio de luxo, mantendo uma empregada doméstica e duas babás.

Os gastos crescentes eram notáveis. Substituímos nossos carros econômicos por dois veículos importados 4 × 4 e, para finalizar, nos associamos ao Country Club. Beatriz, já se considerando uma milionária em ascensão, acreditava que deveríamos integrar a elite curitibana.

Essas escolhas demonstravam uma nova fase em nossas vidas, marcada por um padrão mais elevado. Sem dúvida era um universo envolvente; não vou mentir. As festas, surreais, eram regadas a artistas de Ibiza comandando o som.

A vida tornou-se agitada e, a cada evento, surgiam despesas como roupas novas, presentes, ingressos e outros gastos que pareciam normais para aquela sociedade.

Estávamos ali, vivendo prazeres e conquistas; e quando discutíamos sobre a organização dos acontecimentos e finanças, aparecia um compromisso para Beatriz, ou minha esposa mudava de assunto, na esperança de que tudo, sempre, se desvelasse favorável. Eu me esforçava em conter o ímpeto daquela vida que acontecia. Percebi, então, que meu papel era aceitar aquelas novas conquistas, aqueles novos amigos caros, restaurantes de excelência, viagens internacionais em hotéis cinco estrelas. Em meu íntimo, algo me alertava que as coisas tinham saído do limite.

Meu amor pela minha família era incondicional, e todo aquele esforço parecia natural. Assim, dia após dia, silenciava minha agonia e meus medos, acreditando que, da mesma maneira que alcancei sucesso e um bom montante de capital, as conquistas financeiras acompanhariam as novas aquisições e desejos.

Sua energia, beleza e sucesso eram cativantes. Ela se mostrava expansiva, vivendo ao estilo de uma socialite. Sempre avançando, buscava expandir sua rede de contatos. Mantinha um foco rigoroso em seu estilo de vida saudável, incluindo dietas e massagens, além de compromissos de viagens a negócios. Participava ativamente de grupos de amigos e planejava fazer uma lipoaspiração para eliminar seu "buchinho", um detalhe que eu adorava, mas que ela detestava.

xix

Entre meus três filhos, apenas um compartilhava semelhanças marcantes comigo. Os outros dois eram distantes. Meu primogênito, Heitor, era o meu retrato mais fiel. De pele morena e cabelos castanhos, Heitor tinha energia e vivia grudado em mim. No auge dos seus catorze anos, acordava cedo e se destacava na escola, jogava futebol e tocava piano no conservatório. Ele não reclamava de nada, era forte, aproveitava todas as oportunidades da vida, mostrava gratidão e era feliz com o que recebia de nós.

Com seus doze anos, Lorena era a mais arredia. Deslumbrante, incrivelmente alva, com cabelos loiros claros, bem diferentes dos meus cabelos castanhos escuros e dos cabelos negros da mãe. Era uma rebelde inerte, um pouco mal-educada. Seu celular tinha que ser o lançamento, as roupas mais caras, e sempre pedia coisas e mais coisas; era uma luta contra esse seu jeito burguês de se comportar. Sim, éramos uma família burguesa. Seu jeito parecia libertário, porém sem propósito ou gratidão. Parecia mais um ressentimento e raiva de mim, pois tentava controlar seus desejos fúteis e escolhas equivocadas. Mas ela era minha única filha, e eu adorava as poucas vezes em que ela conversava comigo sem interesses.

No intricado palco das relações humanas, era estranho que ela possuísse todas as vantagens e privilégios; mesmo assim, a maneira como vivia, mimada pela mãe, criava um abismo bem grande entre nós.

Entre o fio do respeito e os espaços vazios que nos separavam, eu acredito que ela tinha respeito por mim, mas nunca se sabe. Sempre tentava decifrar a esfinge que era sua proximidade com a mãe. As duas, sempre distantes em suas atividades de beleza, viviam nos cafés, em bistrôs e na casa de nossos amigos Jorge e Maiara.

Sob a lente dos meus medos, imaginava que ela não se sentia bem em minha presença. Muitas vezes pensava que existia alguma barreira entre mim e minha filha. Contudo, talvez essa fosse uma percepção errônea da minha mente e ela fosse apenas uma jovem com proximidade natural com a mãe, tão intensa que pareciam cúmplices de vida.

Matheus era um menino rechonchudo, bem loiro, com cara de bolacha e um lindo sorriso. Apesar de não ter semelhanças conosco, seus pais, ele era o queridinho da família. Com apenas seis anos, tinha movimentos lentos e um apetite voraz, passava a maior parte do tempo observando ao redor e brincando.

Vivíamos dispersos, cada qual com seu celular, com suas coisas, com seus quartos; não éramos uma unidade, o que me incomodava muito, porque sonhava que uma família precisava ter unidade, ter carinho, afeto e brigas. Meus filhos se isolavam, mesmo estando próximos, interagiam pouco e cada um vivia em seu mundo particular. Talvez, pela minha solidão, eu projetasse uma utopia, e exigia isso deles em meus pensamentos; não sei. Porém, eu sabia que podíamos mais, que poderíamos ser mais unidos.

XX

Os laços familiares, como cordas invisíveis, oscilam entre tensão e afeto, entre entendimento e desafio. É verdade que todas as famílias têm seus demônios, e parece que eles escolhem os momentos mais inoportunos para nos atormentar.

Naquela manhã cinzenta, saí para o trabalho e, por volta das sete horas, já havia deixado meus filhos na escola. Durante o trajeto de carro, mergulhei em pensamentos, repensando todas as tarefas que deveria executar naquele dia. Foi nessa circunspecção que me dei conta de ter esquecido um documento fundamental para a montagem de um processo. Subitamente, reconheci que toda minha agenda estava comprometida com o bendito pedaço de papel. Estas coisas acontecem em qualquer tempo e em qualquer parte; e aconteceu comigo naquela manhã. O esquecimento faz parte do nosso ser, e ele precisa ser domado, cuidado e reconhecido. Mas, ali estava eu, incomodado, pois esse ato falho atrapalharia toda a rotina da manhã e aquele horário era horrível para retornar para casa, mas eu precisava daquele documento.

Logo, foi meu próprio desprazer que passou a me orientar. Diante do ocorrido, parei o carro e decidi pensar no que fazer. Surpreso, me dei conta de que estava perdido. Sem motivos, refletia sobre a cidade e como eu desconhecia a calmaria curitibana. Estava convencido de que, durante o expediente, existia uma cidade visível e outra invisível.

Conhecia a Curitiba das pessoas com horário, das que entram às oito e saem ao meio-dia, das que retornam às catorze e saem às dezoito ou bem depois. Eram rostos esvoaçados e levemente suarentos, pessoas urgentes, que não pensam, tropeçantes, tristes, com olheiras, que andam correndo como moscas perdidas. E eu, certamente, me encaixava naquele perfil.

Então me dei conta de que existia outra cidade, a das pessoas que não eram tão escravas do trabalho, que paravam na esquina da rua e trocavam ideias, que se permitiam tomar um café na padaria e conversar sobre jogos de futebol. Pensei que naquele tipo de refúgio a vida revelava uma face mais plena, longe das correntes que nos amarram aos grilhões da urgência.

Hoje, contemplo com um misto de saudosismo e melancolia a cidade que um dia se esquivou de meus passos. Nutro uma afinidade especial pela atmosfera da juventude descompromissada, aqueles que ainda não são reféns do peso do emprego e das responsabilidades, que se deleitam em bibliotecas, bares e cafés, tecendo conversas, devaneios literários e amores furtivos.

Em meus anos de juventude, entretanto, a Curitiba que abraçava tais experiências permaneceu um território inexplorado para mim. Limitado aos recantos silenciosos das bibliotecas, ocultava-me nas sombras; sempre moita, eu permanecia em meus esconderijos discretos. Sim, naqueles tempos eu observava o mundo, encurralado pela pobreza, enquanto outros adentravam em recintos como bistrôs, cafés, baladas e viagens, como se fossem portadores de uma essência distante da minha própria realidade.

No esquecimento do documento, me olhei no espelho do carro e vi que estava bem; meu terno era alinhado, eu estava perfumado, embora um pouco cansado, eu me transformei em um homem próspero. No entanto, me sentia estranho; naquele dia, me sentia quase feliz. Sinceramente, essa expressão não existe, é uma composição contraditória.

Aquele esquecimento de um documento me deixou descompassado e um desconforto em meu íntimo me preocupava, uma sensação estranha de que algo não ia bem em minha vida, mas eu não conseguia expressar a mim mesmo o que era. Simplesmente esqueci um documento! Por que, então, essa sensação de melancolia?

Foi nesse dia que mudei minha rota. Decidi parar na praça central e simplesmente ficar sozinho, me permitindo tomar um café, antes de voltar para casa e resolver o problema do documento.

Dentro do café, ao lado da minha mesa, uma criança brincava com sua mãe; a menina era linda e a mãe dela, ainda mais. As duas riram para mim. A menina, de uns quatro anos, chegou bem perto e me cutucou sorrindo. A mãe dela a repreendeu e falou para a menina não me incomodar. Eu disse que não era incômodo algum e devolvi o sorriso. Foi um momento alegre, foi bom receber dois sorrisos antes de trabalhar.

Naquela meia hora perdida, percebi que corria atrás de uma vida que não desejava, vivendo de maneira automatizada. Minha condição social me forjou a ferro e fogo, eu não estava acostumado a relaxar.

Pensando em minha vida, senti que encontrava meus filhos muito pouco. Nossos horários não coincidiam e nossos interesses, ainda menos. Heitor me abraçava e olhava para mim com ternura. Lorena me tratava com desdém e sempre estava com a mãe pensando em como ficar mais bela e nas roupas e acessórios que deviam comprar. Matheus, meu caçula, também vivia em seu mundo e não compartilhava muita coisa. Até mesmo em suas comilanças e brincadeiras, quando tentava me aproximar, ele não se sentia bem e ficava distante.

O mais apegado a mim era realmente meu filho? Nunca saberei. Eu aceitei a condição de Beatriz. Quando da sua gravidez, jurei em meu íntimo que jamais faríamos um exame de DNA ou que questionaríamos aquela decisão. Filhos são filhos; e quando escolhemos um caminho não há espaço para reconsiderações. Não conhecemos completamente nossa família, nem a nós mesmos.

Nessa manhã, mais do que nos outros dias, pensei muito sobre o que nos separava. Também devo admitir que tenho muitos defeitos e não era o pai do ano. Eu gostava de silêncio e de estudar no meu escritório, sendo capaz de passar horas, dias, semanas e meses focado em meus estudos e nos casos do escritório. Falava bastante sobre política, literatura, sociologia, filosofia e outros temas que ninguém ligava e achava chatos. Beatriz, a quem eu apelidava carinhosamente de "uma autêntica filha da burguesia", frequentemente questionava minhas opiniões políticas. Ela se sentia desconfortável com meu apoio ao principal partido de esquerda da América Latina, que detém o recorde de vitórias em eleições presidenciais na democracia brasileira, mesmo sendo criticado por problemas enfrentados por todos os partidos. Por último, sempre ponderava sobre economia, um interesse que, entre todos na família, apenas eu possuía. Porém, com todos os meus erros e virtudes, mesmo assim, deveríamos ser mais unidos. O que nos separava? Eu poderia fazer algo a mais para me comunicar com minha família?

Pensando bem, tomei a decisão de ligar para o escritório e avisei que chegaria atrasado por um problema. Então, voltei para casa a fim de pegar o documento e ver Beatriz.

Na esquina, dirigi lentamente, apreciando a minha rua. Sempre adorei aquele pedacinho de Curitiba. Uma copa de árvores encobria as calçadas, e eu gostava das folhas e flores que caíam no outono. Em particular, meu vizinho de frente tinha um belíssimo ipê roxo, que atravessava a rua e se espalhava como se fosse um guarda-sol gigante. Olhando para o céu, reparei que estava um pouco encoberto, com bastante fumaça de queimada, mas as flores escondiam boa parte daquele céu cinzento. Nem tudo o que está sereno é beleza, e nem toda beleza é paz.

Bem próximo de casa, ao me aproximar do portão, percebi uma movimentação incomum. A certa distância, observei Jorge saindo apressadamente pela porta lateral, embarcando rapidamente em seu carro e partindo quase cantando pneus.

Naquele dia e horário, as duas babás e a empregada só chegavam meio-dia, deixando sempre Beatriz sozinha em casa. Nas manhãs de quarta-feira, ela não trabalhava, reservando esse tempo a si mesma, para dormir até mais tarde, ir a massagens, cabeleireiro, organizar sua agenda e fazer suas coisas sem ninguém incomodar. Até então, jamais vi problema nesse tempinho que ela reservava, até mesmo sentia uma pontinha de inveja daquele desprendimento, pois eu sempre estava preocupado com os prazos a cumprir no escritório.

Não tínhamos câmeras de vigilância porque era um bairro tranquilo, mas também porque sempre odiei a sensação de controle.

Quando chega o tempo, o acaso desvela os acontecimentos. Pensar como filósofo tem seus inconvenientes, admito. Relutante, confuso e nervoso, eu desisti de entrar e fiquei uma hora dentro do meu carro, pensando o que diabos Jorge e minha esposa faziam sozinhos, na minha casa, naquele horário.

xxi

Jorge... O que dizer sobre ele?
Jorge era um conhecido dos tempos da faculdade. Sinceramente, ele já era amigo de Beatriz quando o conheci. Loiro, um pouco forte, perspicaz. Após me formar, tivemos a oportunidade de trabalharmos juntos por um tempo e nos dávamos muito bem. Ele não era muito falante, mas sua observação minuciosa e sua habilidade para evitar erros era evidente. Uma pessoa precisa, equilibrada, certinha e discreta.

Sempre cordial e amistoso, demonstrava uma disponibilidade genuína para ajudar. Jorge era obcecado pela perfeição, e tudo o que ele tocava prosperava, como se sua carreira fosse uma série contínua de vitórias acumuladas.

Após alguns bons anos trabalhando juntos, ele alcançou mais uma conquista sensacional: a aprovação em um concurso, assumindo a vaga de juiz na comarca de Curitiba. Ao deixar o escritório, evidentemente recebeu todas as honrarias devidas. Contudo, mesmo acendendo a um patamar superior, o sucesso não subiu à cabeça e continuamos próximos, até porque, apesar de sua nova posição como juiz, meus negócios no escritório continuavam prósperos.

Maiara, sua esposa, era uma mulher muito bonita e educadíssima. Branca, com os cabelos levemente avermelhados, médica, inteligente, ela estava sempre ocupada. Ela comandava a maternidade da Santa Casa de Curitiba. Parecia uma bonequinha, daquelas mulheres tão bem cuidadas que temos medo de chegar próximo, como se aquele cuidado, aquela beleza tão organizada, maquiada e límpida, fosse se desmanchar diante de um esbarrão descuidado.

O casal unia duas atmosferas: a busca pela perfeição com o sucesso absoluto. Era difícil encontrar falhas em suas vidas, tudo era perfeitinho, como se fossem almas gêmeas destinadas a prosperar e mostrar aos outros que a plenitude era alcançável.

Apesar de gostar muito deles, aquela atmosfera indelével, algo como o mundo inteligível platônico, me deixava, de forma inconsciente, com a sensação de que havia uma realidade oculta por trás da fachada impecável que eles apresentavam. No entanto, essa era apenas uma impressão da minha mente, pois não havia motivos reais para pensar dessa forma. Como alguém que sempre lutou contra os desafios da vida e os próprios erros, talvez eu me sentisse levemente invejoso diante de um casal tão sem falhas, em que o sucesso e a felicidade pareciam garantidos sem esforço.

Quando nos reuníamos, era divertido. O clima era agradável, conversas estimulantes e bons vinhos, e até tivemos a oportunidade de viajar juntos algumas vezes. Eles eram, sem dúvida, as melhores companhias que poderíamos ter. Pensando bem, em meio a esses momentos de harmonia, eu observava um olhar peculiar dele para com Beatriz, fazendo-a desviar os olhos rapidamente, como se tentasse evitar essa atenção específica.

Após muito pensar, lembrei-me de uma vez, quando os dois foram organizar uma tábua de frios na cozinha da nossa casa e demoraram mais que de costume. É óbvio, achei estranho, mas eles chegaram com naturalidade e disseram que demoraram picando as coisas, com dificuldade de encontrar o salame na geladeira, que estava uma bagunça.

Refiz todo o itinerário das nossas viagens e encontros, de tudo o que vivemos, de tudo o que fiz com Beatriz, se eu estava fazendo algo errado, se ela estava carente, nada parecia fora do lugar. Porém, o tabuleiro da vida não é como um quebra-cabeça, no qual nos ajustaríamos às pessoas e aos acontecimentos, e tudo se encaixaria.

Nossa vida sexual ainda estava satisfatória, pelo menos era o que eu pensava. É claro que, com três filhos e carreiras, fazia muito tempo que não tínhamos relações todos os dias, como no início. Quando tivemos a audácia de passar uma madrugada de segunda-feira namorando, ambos estávamos exaustos no dia seguinte, o que se refletiu no trabalho. Foi uma experiência deliciosa, porém cansativa e complicada de gerenciar.

Em uma rotina esgotante, com filhos, empresas, casa para organizar e empregados, com o passar do tempo o casal diminui seu ritmo sexual. Geralmente reservávamos os sábados e domingos para nossa vida íntima, quando os dois adolescentes tinham suas programações e o pequeno dormia cedo.

Agora, eu me encontro perplexo, questionando a autenticidade da minha felicidade passada e me deparo com uma pergunta: por qual motivo esse homem estava em minha casa com minha esposa? Qualquer que seja a razão, grandes decisões devem ser tomadas com prudência. O desejo não implica capacidade e os acontecimentos não se alteram somente por decisões precipitadas. Se eu fosse impulsivo, tudo explodiria. Meu instinto era conversar com Beatriz: tirar a limpo, quebrar o pau, resolver tudo de uma vez... e saber a verdade.

Contudo, como eu teria acesso à verdade?

Se Jorge estava em nossa casa com ela, mesmo sem terem um caso, por que ela não me informara? Então, não entendia por que seria preciso esse mistério. Esse tipo de mentira já é uma espécie de traição, eu sentia que era. Não tinha certeza de nada, salvo que não podia continuar parado após aquela descoberta. Por isso, decidi agir de forma estratégica, indo contra meus impulsos naturais. Mas, por onde começar?

Planejei montar um flagrante. Eis o meu plano: busquei agradá-la, surpreendendo-a positivamente, estando de olho; eu ficaria atento aos sinais comportamentais dela. E, na próxima quarta-feira, certamente eu estaria de tocaia em meu carro para saber se aquelas visitas eram frequentes, além de algumas canetas-câmeras espalhadas pela casa, para registrar o encontro. Foi difícil dissimular e me controlar? Foi. Mas consegui, até porque, mesmo não sendo um ator, eu era um excelente advogado.

xxii

Ninguém ama sem complexos, sempre tememos os gestos que delatam nossos erros e vícios. O vício e a virtude sempre estão presentes e fruímos a paz com o caos, o erro com o acerto, o gozo egoísta ou partilhado, mas sempre através de corpos que anseiam e se deleitam em ser carne. E carne, se come com vontade, e é por isso que a razão pode ser a escrava do coração, mas um coração partido precisa da razão para se tornar perigoso.

Cheguei em casa, como de costume, às dezenove horas. Estacionei o carro, peguei minha pasta repleta de documentos que estava no banco dos passageiros. Saí com cuidado, procurando não fazer muito barulho ao fechar a porta, para não chamar a atenção de todo mundo. Organizei minhas coisas na mesa da sala, cumprimentei as crianças e, voltando ao carro, retornei com um buquê de rosas e uma caixa de chocolates belgas.

Meus filhos olharam curiosos, entendendo as coisas melhor do que nós, os adultos. Quando eu era criança, me distraía pensando nessas cenas, nas quais os pais chegavam e recebiam seus filhos, com espontaneidade familiar. Eu apreciava ser acolhido em casa por eles, mesmo que estivessem discutindo e resmungando uns com os outros, ou silenciosos em seus celulares, e toda essa comunicação verbal e não verbal me proporcionava alegria. Sim, eles não me recebiam, apenas olhavam para mim por uma fração de segundos e voltavam aos seus jogos. Mas, mesmo assim, era bom chegar em casa com essa recepção.

Embora eu fosse carinhoso, não era sempre que trazia tais presentes para Beatriz e isso fez que eles me dessem alguns segundos a mais de atenção.

Algo me distanciava da realidade, existia uma atmosfera distinta, como se eu representasse uma cena coreografada, porém não havia praticado o bastante. Passei rápido pela sala, uma sala bem grande, onde as crianças adoravam ficar jogadas no tapete mexendo no celular e assistindo à televisão. Matheus estava entretido assistindo a um desenho animado e os dois adolescentes estavam concentrados em seus celulares.

Minha mente concentrava-se em Beatriz. Eu pensava em dizer um monte de coisas, mas o plano era não dizer nada. "Estava tão imerso em meus pensamentos que perdi a noção do mundo ao meu redor?", pensei.

Nós, humanos, tendemos a enxergar nossos defeitos nos outros. Fui negligente?

Daquela distância, avistei que Beatriz se encontrava na cozinha. Fui direto para lá, com o coração palpitando. Passei pelo corredor que fazia a separação dos cômodos e, ao fundo, na cozinha, tentei me aproximar dela.

Tudo o que é belo, e nos tocara alguma vez, hipnotiza. Como nosso pensamento deseja, ao mesmo tempo, agredir uma pessoa e possuí-la com amor? Qual é o limite para os tapas e toques de carinho?

Então fechei e abri os olhos por uma fração de segundos. Esqueci-me de todos os meus planos, mas os fantasmas que me acompanhavam tentavam me cobrir de vergonha. A dúvida e a incerteza se enroscavam em minha garganta, e permaneci nesse conflito interior durante o tempo em que ela estava ocupada ao telefone. Foi quando me aproximei ainda mais, porém ela se esquivou de mim, gesticulando com as mãos. Foi quando parou, olhou para o lado e sorriu levemente, ao notar as flores e o chocolate em minhas mãos.

Conferi e as crianças estavam distraídas, então me concentrei completamente em Beatriz. Ao mesmo tempo que sua beleza me encantava, seu jeito arredio, fugitivo, esguio, sempre me incomodou.

Mas ali estava eu, com flores e chocolates em mãos; então, se eu explodisse, tudo sairia do controle. Me recompus, coloquei as flores e o chocolate em cima da mesa, respirei fundo e esperei aquele ritual de atendimento que Beatriz tinha, separando seu tempo e sua disponibilidade ao seu bel-prazer.

Ela notou meu desconforto, deu alguns passos na minha direção, beijou levemente minha bochecha direita, sussurrou para que eu esperasse um pouco e se afastou alguns passos.

Aquela nova reação me decepcionou. Me esforcei, então, para me manter calmo. Eu estava com a faca nos dentes, como dizem, meu coração à beira da explosão, pronto para confrontá-la e descobrir a verdade.

"A culpa era minha?", refleti.

A situação estava desagradável e, para me controlar, decidi lavar um pouco de louça enquanto ela terminava de conversar ao telefone. Por fim, cinco minutos depois, ela veio até mim, me abraçou, deu um selinho e fez um comentário descontraído:

— Você! — No entanto, na sequência tentou se afastar novamente, mas eu não a deixei fugir.

Aquela espera soou como uma chicotada quando ela me deu as costas, mas também me excitava e me deixou repleto de desejos de agarrá-la com violência, de tomá-la para mim à força e fazê-la parar de se ocupar com outras coisas. Impulsionado pelo instinto, eu não conseguia pensar. Me aproximei e fui com minha boca em direção ao calor de seus seios, cobertos por um vestido leve, que a deixava deliciosa. Sem dar tempo para ela reagir, procurei colocar minhas mãos por trás de suas costas, e por baixo ansiava agarrar suas carnes. Faminto, eu desejava movimento, ação e paixão. Queria sentir aquela pegada de quando nos apaixonamos, dos primeiros dias de amor, quando concebemos Heitor e decidimos ficar juntos.

Bem ao fundo da cozinha, as crianças não viam nem ouviam nada, e eu sabia disso.

Levando-a comigo, ela parecia confusa sobre minhas intenções, como se não esperasse tal comportamento de seu marido. Com minha mão esquerda, eu tranquei a porta da cozinha e com a direita eu me esforçava para abaixar sua calcinha fininha e de algodão. Ela ria, tentava me conter. Irracional, naquele ímpeto, perdi toda a delicadeza, eu não pensava e tentei pegá-la por trás, desejando tocar seu botão e inundá-lo com um jato. Após uma nova esquiva, segurei sua cintura e procurei montá-la pela frente, e foi assim que tentei senti-la úmida, ansiando por saborear aquela menininha apertada, rosada e quente. Ao mesmo tempo, tentei colocar minha pulsão em sua mão, mas ela deu uma tapa leve na minha cara e mudou de expressão. Aborrecida, afirmou que eu estava descontrolado, que nunca havíamos feito isso antes com as crianças em casa, que aquele não era o verdadeiro João e exigiu que eu me acalmasse.

Eu não a soltei, mas ela, com esforço, escapou da minha pegada decidida. Voltando a sorrir, achando estranho, ela me empurrou até uma bancada, onde pegou seu celular e deu uma olhada rápida em uma nova mensagem que chegara.

Eu preferia não amar aquela mulher, deveria ter traído à vontade, refleti, bem chateado. Fiquei revoltado com aquela atitude de me ignorar. Tomei o aparelho à força com minha mão esquerda. Com a mão direita, agarrei-a pela bunda, macia e voluptuosa, e a trouxe para mim puxando todo o seu quadril. Peguei como se pegasse uma potranca, uma cavala, e ela tentava fugir, e isso me excitava ainda mais. Apertei com vontade seu quadril e colei meu corpo ao dela, abaixando a minha cueca e rasgando sua calcinha, tentei colocar o meu pau nela, a empurrando para baixo, para que ela ficasse em meia posição de quatro, sem chances de soltura. Mas foi nesse momento que a situação se complicou, pois seu celular escorregou da minha mão e caiu no chão, e ela me xingou.

— Porra! Que merda! Você não vai parar com isso? Caramba, você ainda não entendeu? As crianças estão na sala e eu não quero! Não estou a fim! Não estou disposta e você só quer gozar e acha que eu sou um depósito de sêmen!

O golpe foi preciso. A questão é que nós, homens, somos determinados. Às vezes a gente faz um pensamento e mora nele. Sim, muitas vezes pensamos com a cabeça de baixo, não vou mentir. Esses acontecimentos deslizaram para além da nossa intimidade cotidiana. Finalmente consegui me conter e ela recolheu seu celular do chão. Diante de um olhar direto, me encarou, na tentativa de compreender-me. Imagino que ela estava a observar um homem desconhecido, porque o amor de um casal é condicionado pela rotina que eles inventam, ainda que involuntariamente. Beatriz sentiu uma mea-culpa, mas não conseguia se concentrar em mim ou ceder aos meus desejos. Estávamos em desequilíbrio, nossos corpos desejavam coisas opostas e nossas mentes também não estavam em sintonia.

Em uma tentativa final de me agradar, ela pegou as flores, cheirou, corou e riu. Disse que eu estava diferente, que eu era um inconsequente maluco, mas não continuou brincando comigo. Fez esses comentários e soltou as flores sobre a mesa. Mais uma vez distraída, Beatriz apanhou o celular e saiu da cozinha.

xxiii

Assemelha-se a um pato, nada como um pato e faz ruídos como um pato, então provavelmente é... Podemos perseguir a verdade como Aristóteles e Tomás de Aquino, tentando decifrá-la nesse mundo que se mostra aos nossos olhos. Mas a verdade autêntica e incontestável é fugaz.

Beatriz deixou as flores em cima da mesa e saiu sem dar muita importância aos meus desejos e carinhos. Apesar disso, eu ainda não desisti. Segui-a até a sala, próximo à grande mesa de jantar, e toquei sua mão. Naquele momento, olhando para mim, ela respirou fundo e abaixou a cabeça por dois segundos. Ela se levantou em um ritmo enferrujado. Sem coragem de olhar diretamente nos meus olhos, admitiu que estava preocupada, que estava exausta pelo trabalho, mas precisava se preparar, pois surgira um acordo milionário que a levaria para a Bahia no dia seguinte.

Me senti profundamente ferido, como se uma bomba tivesse devastado meu ser, minhas emoções e meu passado. Fiquei atordoado, sem saber como reagir. Minha garganta apertou e fiquei ofegante.

Aquela viagem repentina era algo novo. Eu precisava de tempo para processar tudo, era como se, em um combate de boxe, tivesse tomado um cruzado sem saber de onde veio e me encontrasse no chão, tentando me reerguer para continuar lutando. Foi então que disse a ela:

— Amor, só um minuto. — E segui direto para o banheiro da sala.

Na pia, apoiado, observei meu reflexo no espelho buscando respostas, mas nada aparecia. Dúvidas e ódio inundavam-me. Ódio da situação, da incerteza quanto ao que fazer. Minha vontade era confrontá-la e extrair a verdade à força. Simultaneamente, ansiava por arrastá-la para perto, senti-la doce em mim e inundá-la. Desejava tocar seu colo, inalar seu perfume e possuí-la sem pudores.

Porém nada disso era possível, nenhum desses desejos poderia ser realizado. A única coisa que me restava era ter paciência e não perder a razão, prevenindo que qualquer decisão precipitada arruinasse meu casamento definitivamente.

Após uns dois minutos de reflexão, um pouco mais calmo, molhei minha testa, respirei fundo e decidi: não direi nada, mas descobrirei se Jorge também viajará.

Tornei-me obcecado por aquela viagem. Beatriz parecia ter se esquecido dos filhos, de mim e da casa, concentrando-se na organização da mala. Escolhendo biquínis, saídas de praia, perfumes, vestidos de festa, shorts e todo o arsenal necessário para uma viagem de férias à Bahia.

Seu comportamento era diferente e não condizia com uma viagem de trabalho, mesmo sendo para a Bahia. No entanto, eu argumentava comigo mesmo que qualquer viagem para lá merece alguns cuidados especiais.

Meus pensamentos oscilavam, ego, id e superego conflitavam, meu raciocínio titubeava; eu encontrava mil razões e outras duas mil contrarrazões para justificar os acontecimentos.

No dia seguinte, pela manhã, liguei para o Jorge e ele não me atendeu. Mandei uma mensagem perguntando se poderíamos tomar uma cerveja à noite e tratar de uma dúvida que eu tinha em um processo, e que os conselhos dele eram bem-vindos. Porém, visualizou a mensagem e só depois de duas horas me respondeu, bem frio, dizendo que viajaria imediatamente para Brasília a trabalho e teríamos que marcar para outra oportunidade.

Beatriz estava se reinventando, distante da mulher que um dia se uniu a mim para amar e cuidar de Heitor. Ela se tornou poderosa, armada com procedimentos estéticos e contatos de negócios.

Encorpada, deixou de lado seus traços mais finos, inocentes e joviais para se tornar uma executiva fitness de quarenta anos. Fotos sensuais, ensaios de biquíni, poses malhando e focando nas partes íntimas de seu corpo e piscadelas e caras e bocas que estimulavam centenas de curtidas e comentários, masculinos e femininos. Enfim, todos os seus rituais voltavam-se aos negócios e ao cuidado com o corpo e tudo era postado na internet.

Da cautelosa e arisca descendente de italianos, ela metamorfoseou-se em uma influencer do Instagram. Embora não fosse uma profissional, toda sua vida exigia curtidas e comentários em cada foto, marcando uma mudança significativa em seu modo de vida e na forma como se apresentava ao mundo.

Reclamei inúmeras vezes daquele estilo de vida — desnecessário, ostentatório, cansativo, artificial. Parecia que tudo estava em desacordo com nosso modo de vida. No entanto, ela insistia em responder que aquela exposição era normal e, mais, rotulava-me como antiquado, ciumento e dizia que estava se esforçando para ficar mais bonita e gostosa para mim.

Quanto às responsabilidades diárias com nossos filhos, as babás, dona Ana e Sandra, eram as verdadeiras cuidadoras. Simplesmente Beatriz acordava, tirava fotos e postava no Instagram, apresentando-se como uma mãe dedicada, representando nas redes sociais o papel completo de executiva, de mulher atraente e mãe exemplar.

No café da manhã, após as postagens, sua função era transmitir, em cinco minutos, as diretrizes para que tudo funcionasse de acordo com suas expectativas. Posteriormente, com a serenidade de uma rainha, ela se preparava e partia para cuidar de seus próprios assuntos. No final, passava seus dias organizando a agenda, planejando reuniões, sempre pensando em como se proteger e superar seus adversários, e em como poderia se tornar mais elegante, sexy e poderosa.

Para ser franco, Beatriz só dava atenção para Lorena quando saíam juntas para passear, fazer massagens e realizar compras. Matheus e Heitor eram, de certa forma, relegados ao segundo plano e era eu quem os levava para cursos, treinos e aulas. Apesar de apreciar esse papel, sentia-me desanimado pelas discussões e acusações de machismo que surgiam sempre que eu abordava esses temas. O meu anseio era simples: desejava que ela compartilhasse mais do seu mundo conosco.

O mundo atual parecia estranho para mim. Minhas tentativas de compartilhar responsabilidades ou discutir sobre a divisão delas eram sempre abafadas pelo teto do feminismo. Na visão de Beatriz, o feminismo era uma espécie de redoma protetora que impedia qualquer debate sobre como vivíamos e organizávamos as tarefas. Qualquer tentativa de questionar essa ordem estabelecida era um ato de machismo.

O problema é que eu sentia como se tivesse perdido minha esposa. Durante o cuidado com os filhos, sua ausência era sempre perceptível. Parecíamos viver em torno de seus desejos e necessidades. Embora eu fosse o principal provedor financeiro, sentia que ela me via como inferior, deixando a maior parte das tarefas domésticas para mim e para as babás, por ela ser uma mulher bem-sucedida.

Compreender o conceito de feminismo, conforme definido por Beatriz, era desafiador. Eu entendia que toda forma de igualdade é moldada através de um diálogo genuíno. Seria eu machista? Não tenho certeza, pois a autoavaliação é sempre um processo inacabado. No entanto, ao tentar me alinhar com a visão de feminismo proposta por ela, a complexidade aumentava. O obstáculo era a ausência de progresso devido à falta de diálogo.

Refletindo com sobriedade, eu e as crianças nos tornamos um porto seguro onde ela pousava todas as noites. Isso me incomodava, especialmente quando ela dava desculpas para evitar encontrar nossos amigos pobres da época da faculdade.

Sim, eu aceitei tudo isso. Fui seduzido pelo dinheiro e pelo poder. No entanto, os últimos acontecimentos colocaram nossa união à prova de uma maneira diferente. Com Beatriz embarcando para Bahia, eu me sentia perdido. Foi então que passei toda a manhã de sábado recluso com meus filhos; e à tarde, decidi visitar minha avó.

XXIV

Dizem que as avós estragam os netos. Minha avó nunca teve a oportunidade de mimar meus filhos. Recordo-me de Maria como um anjo; contudo, paira sobre mim a sensação de que não a conheci verdadeiramente. Tive a oportunidade de conhecer minha avó como uma mulher serena e autossuficiente, que entregou sua vida ao labor doméstico, sem exibir interesse por homens ou relacionamentos. Entretanto, antes dessa biografia incontestável, com certeza ela amou alguém, viveu momentos de felicidade, enfrentou sofrimentos, realizou atos de bondade e cometeu erros, assim como todos nós fazemos ao longo da vida.

Julgava que ela nunca buscava abrigo, uma vez que não solicitava ajuda a ninguém. Essa característica me incomodava. Sabe aquele tipo de pessoa que, ao receber troco a mais na padaria, devolve o excedente?

Deus tirou o brilho dos seus olhos. Parece blasfêmia dizer isso, mas não consigo perdoá-lo por ter silenciado a minha mãezinha com essa doença maldita.

Na casa de cuidado, o clima era sereno. Uma atendente conhecida me levou diretamente ao quarto de mãezinha. Ela estava desperta, olhando pela janela, com o olhar esvoaçado, sem um objeto definido, mas estava distraída e, lá fora, um pássaro marrom brincava com as folhas, como se desse um bom-dia para nós.

Não consigo imaginar que alguém goste de ver uma pessoa amada sofrer, e estar ali era uma tarefa difícil: um misto de felicidade e tristeza. Era reconfortante passar algumas horas ao lado dela; porém, doía meu coração vê-la tão imóvel, como uma estátua. Ela tentava se levantar sozinha, mas logo voltava a se retrair, necessitando do cuidado integral dos enfermeiros. Era difícil aceitar que uma pessoa tão cheia de vida estava murchando daquela maneira.

A casa de apoio era um quadrado de dois andares. Ela dormia sozinha em um pequeno quarto do térreo, mas com uma vista para um jardim. Havia uma árvore imensa no jardim, que provavelmente estava ali há bastante tempo. Na lateral do seu quarto, arrumei uma bagunça de pratos, talheres e algumas coisas soltas que as enfermeiras deixaram sobre a mesa. Aproximei-me dela e dei-lhe um beijo, como de costume. Ela não reagiu, mas isso não importava. Sempre fiz questão de acariciá-la e beijá-la, desde criança e para toda a eternidade, eu sempre o faria.

Ela estava calma, limpa, com roupas boas, alimentada e em boas condições. Eu ficava menos preocupado em vê-la daquela maneira. Bem pertinho dela, dei outro beijo em seu rosto e a encarei com ternura.

Em nossas vidas, existem despesas que são bem mais do que se costuma considerar como gastos. Esse novo asilo que eu pagava era reconhecido como um dos melhores de Curitiba, e isso me trazia tranquilidade. Não era muito, mas era tudo o que eu poderia fazer por ela.

Fazia muitos anos que ela não se comunicava com ninguém, e aqueles cuidados eram o mínimo que eu poderia oferecer. Sim, a vida fora implacável com aquela velhinha.

Lembro-me de que ela foi gradualmente se esquecendo das coisas, ano após ano. Por outro lado, ela misturava passado, presente e futuro. Não era apenas "esquecer", era esquecimento e confusão. Seu estado psíquico deteriorava-se e os médicos, e remédios, não ajudavam em nada. Até que chegou um momento em que ela perdeu a noção de si mesma, do mundo ao seu redor e cessou qualquer forma de comunicação.

Seria o fim de um ciclo?

Será que mãezinha partiria em breve? Ou ela ficaria ali, por anos, décadas, definhando, perdendo toda aquela energia que eu tanto admirava, aquele jeito confiante, certo, simples, que tanto me fascinava?

Dizem os cientistas que a vida é uma sucessão de circunstâncias favoráveis, de situações que permitiram que a lógica acontecesse em meio ao caos. Porém, se a realidade fosse uma sequência de acontecimentos, não haveria espaço para milagres. Contrário ao perspectivismo nietzschiano, prefiro pensar em um Deus que opera por meio de mistérios. Embora raramente vá à Igreja, não ore todos os dias, e não pratique o bem sempre, eu, imperfeito e limitado, gosto de acreditar que sou parte de algo maior, com uma pontinha de semelhança de um ser superior.

O ateísmo, o agnosticismo, o ceticismo, o perspectivismo, o marxismo, o anarquismo e o cristianismo não cobrem a felicidade: não existem garantias, apenas escolhas.

Deus existe?

Posso provar que Deus existe?

É claro que não! Quem sou eu para fazê-lo?

Eu, uma pessoa comum, um joão-ninguém, sem provas em mãos, deixo essas questões para filósofos como Agostinho, Tomás de Aquino, Montaigne, Descartes e outros. Quando me lembrava de orar, sempre pedia que Deus restaurasse a sanidade de mãezinha. Ela não merecia morrer daquela maneira, em silêncio e solidão.

Naquele dia, diante desses pensamentos, passando horas olhando para ela, mãezinha virou seu pescoço e me presenteou com um sorriso. Quase perdi o equilíbrio na cadeira. Ela riu com vigor e disse:

— Meu filho! Você ainda tem muita coisa boa pra viver, sua vida está apenas começando. Conversei com alguém especial esta noite, em meu sonho, e ela me pediu para contar a verdade. Sua mãe ainda está viva e é hora de você encontrá-la. O nome dela é Maria Antônha da Silva. Seu pai não importa mais, ele não pode mais nos castigar, e as ameaças dele já não têm valor. Vamos deixá-lo de lado e permitir que ele vá embora de uma vez por todas. Não tenha mágoas em seu coração, mas você sabe, sempre soube, que sua mãe não morreu.

— Minha avó! — eu gritei em lágrimas, beijando-a e abraçando-a bem forte.

— Filhinho, nós não temos tempo; eu não estou bem, mas preciso te contar tudo.

— Conta, vó. Esperei minha vida toda por esse dia.

— João, seu pai batia todos os dias em nós, e ele era bem pior do que você o conheceu. Mas teve uma vez em que ele quase nos matou e fugiu, passando um ano sem dar notícias. Pior que apanhar era a fome, meu filho.

Eu e sua mãe Maria éramos pobres, pobres de verdade, de uma pobreza que você nunca conheceu. Nosso barraco ficava na beira de um riacho, e a gente pescava e comia peixe, manga com pimenta, biju e o que encontrava no lavrado.

— Nós não tínhamos emprego, não sabíamos ler, nós não tínhamos ninguém. Para sustentar você e seus irmãos fomos para um garimpo trabalhar de cozinheira e deixamos vocês com a vizinha. Chegando lá, meu filhinho, você não sabe o inferno que nós vivemos, que Deus tenha misericórdia das maldades que aqueles homens fizeram.

"Ficamos dois meses presas, passamos o pão que o diabo amassou com aqueles criminosos que tentavam obrigar a gente a coisar! Prometeram-nos trabalho digno, mas o que queriam mesmo era nos fazer de putas. Esse negócio de garimpo, para mim, é um lixo! Éramos inocentes, não sabíamos como agradar homens safados. Eles nos batiam e nos trancavam sem comida, porque nos recusávamos a entrar naquela vida. Meu filho, tem mulher que escolheu e vivia naquele mundo doido porque queria, não vou mentir; até fiz amizade com uma que gostava de ser puta e dizia ter juntado bastante dinheiro, mas eu e sua mãe não queríamos muito dinheiro, ou ouro, a gente só queria trabalhar com dignidade e sustentar vocês. Aqueles homens, muitos deles, viviam como porcos, destruindo tudo, bebendo cachaça todo dia, até drogas usavam na nossa frente. Eles acabavam com os rios e florestas e transformavam tudo numas valas gigantes, cheias de malárias. Quem ficava com o ouro mesmo eram alguns políticos que chegavam lá de vez em quando, e eram tratados como reis, e todas as mulheres tinham que se enfeitar e atender aqueles infelizes. Aquele pessoal de garimpo brigava e se matava por qualquer desentendimento. Que tristeza! As mulheres que ficavam lá, coitadas delas, muitas com doenças e com um monte de coisera que eu nem entendia. Aqueles buracos de garimpo clandestino, cheios de lama e mercúrio, não tinham alma e fediam a dinheiro, podridão e morte. Fomos usadas e enganadas de uma maneira que Deus não perdoa. Deus fará justiça por nós, fique tranquilo. Finalmente, em uma noite eles deixaram a porta aberta e fugimos na madrugada, até que pela manhã, após andarmos muito na mata, alcançamos uma estrada e pegamos carona com um caminhoneiro gentil.

"Mas não passamos pelo pior, tinha bem mais! Quando chegamos em casa seu pai nos esperava. A vizinha, uma víbora traiçoeira, contou tudo para ele. Quando seu pai nos encontrou, agiu com maldade e nos maltratou muito. Explicamos mil vezes que ele nos abandonou com fome e sem dinheiro, sem nada, que fomos para aquele lugar tentar a sorte porque nós tínhamos fome, e sem condições de comprar o leite que vocês bebiam. Naquela época tudo era mais difícil, meu filho."

— Por que você não me contou isso antes? — indaguei, espantado

— Eu não podia! Filho, sua mãe é a mulher mais forte que eu já conheci. O seu pai deu uma taca nela, ele sempre foi doido, e que Deus tenha misericórdia da alma dele. Quase a matou e ela ficou mancando para sempre desde aquele dia. Foi quando ele nos sequestrou e abandonou sua mãe em Roraima com seus irmãos, em um vilarejo chamado Tepequém. Aquele lugar é lindo, meu filho, o mais bonito que eu já vi, com a lua mais iluminada que existe. Eu nunca pude fazer nada, porque ele te matava, sempre prometeu te matar e eu fiz de tudo para lhe proteger. Sinto muito.

XXV

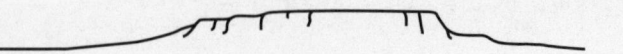

Lugares famosos, com cafés e bares nobres, não servem as melhores bebidas. Ainda sinto o cheiro do café de mãezinha. Existem cheiros que ficam impregnados na nossa mente.

Uma pessoa com Alzheimer avançado normalmente enfrenta desorientação mental e apresenta perdas significativas na coordenação motora e na comunicação. Contudo, episódios de lucidez pontuam essa condição, o que pode gerar angústia, pois nos instiga a nutrir a esperança de um retorno à lucidez, mesmo que essa possibilidade seja pouco provável.

De forma inesperada, mãezinha recuperou sua lucidez. Quando somos incapazes de explicar tais eventos, tendemos a negar, demonstrando nossa dificuldade de aceitar o que entra em conflito com a explicação racional. Seria isso um milagre?

Alguns instantes após aquela revelação, minha avó começou a passar mal, virava os olhos, babava e os enfermeiros vieram cuidar dela, pedindo que eu saísse do quarto.

Fiquei naquele asilo orando fervorosamente para que ela restaurasse a saúde, pedindo perdão por todos os pecados do meu pai, doente, e agradecendo a Deus por saber que minha mãe poderia estar viva.

Pouco a pouco, todo o ódio e vergonha que eu havia sentido foram substituídos por um profundo sentimento de orgulho por quem sou, imaginando que eu não vim do nada, que minha mãe me amou, no meio do caos e da lama.

Infelizmente, no dia seguinte, enterrei minha avó com dor no coração, mas grato por tudo o que ela fez por mim.

XXVI

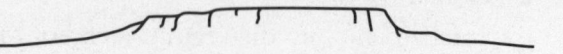

Eu me encontrava em um estado flutuante entre o pesar e a melancolia. As urgências de resolver a situação com Beatriz passaram. O enterro da minha avó e o luto ocuparam meu tempo e meus pensamentos.

Passou uma semana e Beatriz não veio ao enterro, ocupada com sua viagem de trabalho, que se prolongou mais do que o planejado. Deu mil desculpas, fez uma chamada de vídeo comigo para me consolar. Disse que quando chegasse em casa iríamos juntos ao cemitério orar por ela.

Há uma delicada fronteira entre o sentimento de ciúmes e o cuidado amoroso. Sempre naveguei por essa linha com muita dificuldade. Em um casamento, deslizes podem ocorrer. É comum surgir atrações fora do matrimônio, e quem nunca experimentou isso que lance a primeira pedra. O que não alterou a estrutura estabelecida, se apresentou como uma simples onda de desejos que surgiu, se concretizou ou desapareceu, sem deixar rastros. Há quem argumente que a monogamia é uma ilusão. Contudo, o desafio aparece quando as pessoas optam pela liberdade e o casamento naufraga, tornando essa filosofia inútil e a família acaba sendo destruída.

O que fazer quando o amor se transforma em tédio, ciúmes e brigas?

Somos humanos, não anjos perfeitos. É comum que parceiros cometam erros, como bisbilhotar o celular, cobrar horários e exigir explicações sobre eventos. Ao desdobrar minhas memórias, de repente, era tudo mentira?

Acredito que fui complacente ou exageradamente franco. Se tivesse deixado mais claro que ela também precisava de mim, que eu poderia me envolver com outra mulher e deixá-la, talvez as circunstâncias fossem diferentes. Defeitos, eu tinha mil, mas sempre me esforcei.

Eu me levantei e olhei para Beatriz entrando pelo portão. Ela estava com um semblante radiante, que contrastava com o meu e o das crianças, que estávamos arrasados. Senti nojo, repugnância daquela mulher que havia se deliciado em sua viagem no mesmo instante em que nós enterramos a mãezinha.

A vida não acontece do outro lado do desespero, ela se faz através das alquimias confusas de nossos medos e paixões. Em algum canto profundo do meu inconsciente, o ódio lutava contra as minhas emoções. Quanto maior a raiva que sentia, mais intensas eram minhas fantasias por ela, por suas carnes, pelo toque de suas curvas e seu cheiro inconfundível. Emanava de mim uma vontade estranha de agredi-la e acariciá-la simultaneamente. Meu corpo se contorcia; fiquei ereto, e minha vontade era de morder bem forte rasgando sua pele e sentindo todas as suas juntas e ossos, e depois puxar seus cabelos, mastigá-la por completo e tê-la toda em mim, jogando todo o meu ser em sua boca e em suas vias, misturando-me com aquela mulher que eu tanto desejava.

— Boa noite, gente. Sinto muito, João, meu amor. Crianças, vamos ser fortes. A mãezinha está em paz e precisamos ser fortes.

Todos permanecemos calados. Ergui meu olhar; porém, mantive o silêncio. Foi nesse momento que as crianças cercaram Beatriz, envolvendo-a em um abraço afetuoso. A sensação de alegria por estar ali, em companhia da minha família, era imensa.

Esforçava-me para relaxar, porém era inútil. Procurei responder e me comportar com serenidade, mas minha ansiedade estava no auge. Percorri a sala inteira, organizando os objetos que as crianças bagunçaram, assim como procurava equilibrar os pensamentos. Foi então que consegui fixar meus olhos nos dela, notando o quão incrível e radiante ela estava.

Permiti que ela aproveitasse o tempo com as crianças, se acomodasse em casa, tomasse um banho e se organizasse. Fiz o máximo para manter o autocontrole e evitar qualquer explosão emocional.

Depois que as crianças adormeceram, ela permanecia vibrante, resolvendo mil coisas pelo celular. Ela não parava um minuto, era uma máquina de trabalho e de resolução de problemas. Sempre altiva, eficiente, competente, ausente, ocupada, preocupada e cansada. No quarto, eu estava sentado na cama, e ela, diante do espelho, aplicava um creme no rosto.

Imerso em meus devaneios, criando narrativas para mim mesmo, perdi o autocontrole e impulsivamente iniciei o conflito:

— Beatriz, que viagem foi essa?

— O que foi, amor? O que você quer dizer com isso?

— Você sabe do que estou falando!

— Sei de nada, não! Fui trabalhar! Fui ganhar dinheiro, para ajudar a pagar nossas contas! Você paga tudo sozinho? Esqueceu que a escola das crianças é minha responsabilidade?

— Sim, Beatriz! A única conta que você paga é a escola das crianças. Todo o restante, empregada, babás, água, luz, internet, carros, tudo, quem paga sou eu, e você joga isso na minha cara?

— Eu nem cheguei em casa direito, e olha a maneira como você está me recebendo!

— Beatriz, você é muito falsa. Não tem vergonha mesmo! Na quarta-feira, o que o Jorge estava fazendo aqui em casa? Ele viajou contigo?

— Eu não acredito que você está me seguindo, seu louco! Quem você pensa que é?

E Beatriz gritava, chorava e repetia isso sem parar:

— Quem você pensa que é?

— Eu não quero nem conversa contigo, João. Some, me esquece. Você é um louco, um infeliz ciumento. Saia do meu quarto agora, seu louco desgraçado, ou eu chamo a polícia! Ah, quer saber, João? Segura esse vaso escroto que você me deu de presente!

xxvii

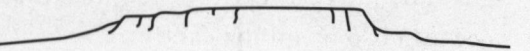

O vaso lançado se espatifou no chão bem próximo aos meus pés, causando uma confusão por todo o quarto. Por sorte, consegui desviar do objeto e dos cacos que voaram pelo cômodo.

As crianças, sem entender o que ocorria, começaram a gritar e chorar, pedindo que tudo aquilo parasse. Ao me esquivar do vaso, percebi o furor e o descontrole de Beatriz, ciente de que, se permanecesse ali, seria alvo de suas agressões.

Com a porta aberta, saí do quarto em meio aos cacos. Desci as escadas correndo e procurei refúgio na sala. Enquanto isso, no alto da escadaria, observei Beatriz colocando as duas mãos no rosto, olhando para mim como se me desafiasse, com uma expressão que misturava ódio, decepção e dúvida. Na sala, deparei-me com as crianças desesperadas, tentando entender o que estava acontecendo. Nesse instante, eu procurava acalmá-las e percebi a urgência de colocar meus pensamentos em ordem.

Contive-me, respirei mais calmo e garanti às crianças que tudo ficaria bem e que a discussão não passava de um desentendimento momentâneo. Nisso, não ousei me aproximar ou conversar com Beatriz. Levei as crianças aos seus quartos, fui até a cozinha, peguei uma cerveja e saí para o quintal.

No furacão daquela confusão, fora de casa, passei um bom tempo contemplando o jardim sob um céu misteriosamente fechado. A noite estava fria e silenciosa, parecia triste, como se o destino perdesse seu sentido e tudo fosse uma grande névoa. Em contrapartida, meu sangue fervia e meu coração exigia reparação.

De maneira inconsciente, optei por confrontar a verdade em vez de me acomodar no abrigo da dúvida. Contudo, Beatriz, durante nosso confronto, permaneceu inflexível, evitando o ponto principal da discussão, rotulando-me como ciumento e um louco desgraçado.

Como ela pôde proferir tais palavras e lançar um vaso contra mim? Eu desejava dialogar e quando busquei a verdade fui acusado de insanidade.

A ferida aberta do desentendimento era profunda. Porém, mantinha a esperança de que uma conversa conciliadora ocorresse em breve. Assim, passei a madrugada tentando dormir na sala, sem sucesso. Ao amanhecer, preparei o café da manhã das crianças, mas a quietude delas revelava tristeza e decepção. Elas não sabiam o que acontecera e me viam como o culpado.

Como poderia explicar meu ponto de vista a elas?

O que poderia dizer?

Revelar todos os fatos, que pareciam meras coincidências? Expressar minhas suspeitas sobre a fidelidade da mãe delas, mesmo sem provas concretas?

O dilema persistia.

Aristóteles dizia que não existe terceiro termo entre a verdade e a falsidade, mas, nas coisas do coração, o filósofo era pouco entendido.

Após o café da manhã das crianças, eu as levei para a escola, e Beatriz continuava trancada no quarto. Minha esperança era de conversarmos à noite e resolvermos aquele mal-entendido.

Arrastando-me, com olheiras e chateado, passei o dia apreensivo. Contava as horas para retornar para casa, ver meus filhos e me resolver com minha esposa. Eu desejava que ela desfizesse todas as minhas dúvidas, se explicasse e que as coisas voltassem ao normal. Iríamos aperfeiçoar os detalhes, corrigir os erros e avançar. Não cabia recuar: nossa família merecia continuidade.

Era inegável que havíamos passado por transformações, que a química entre nós diminuiu e que as diferenças se tornaram mais evidentes. Um relacionamento vai além da mera atração física, construído por acordos que garantem uma compatibilidade. Considerar diversas variáveis, como interesses, afinidades, desejos, dinheiro, metas, filhos e família, torna-se imperativo. Todos esses elementos formam um mosaico infinito e indefinido de possibilidades, sem que exista um manual de instrução.

Estacionei o carro na garagem por volta das dezenove horas. Porém, algo chamou minha atenção: as luzes do quintal estavam apagadas, uma novidade.

Inspirei fundo e caminhei pelo quintal escuro e silencioso; eu adorava fazer isso. O cheiro de casa era único, o meu predileto. Sempre que saía para trabalhar tinha saudade das minhas coisas, da minha normalidade. Durante aquela breve pausa, minhas costas coçaram, bem em uma posição incômoda e difícil de aliviar. Tive de tirar a camisa e me cocei até que ficasse vermelho e o incômodo passasse. Olhando para os lados tomei consciência de que não escutava vozes, sons, luzes, nada: estava só.

xxviii

Ao entrar em casa, na sala de jantar, uma quietude prevalecia no local. Levei um susto: Beatriz levou as crianças e deixou a casa inacreditavelmente vazia, sem móveis, lâmpadas, absolutamente nada, com exceção das minhas roupas, que estavam jogadas em um canto.

Em uma estrada escura, não sabemos aonde a história vai nos levar; apenas enxergamos um palmo à frente. A única luz que nos guia é a do farol que nos conduz. Cada qual com seu farolzinho, que guia seus pensamentos e ações. Não visualizamos o conjunto, não pensamos como outrem; outros faróis são inacessíveis e não compreendemos o que o estranho está pensando. Todo ser humano distinto é inacessível para nós, não existe intersubjetividade: o oculto são os outros.

Beatriz era meu enigma.

O amor une pelos desejos e semelhanças, mas o tempo separa pelas diferenças. Nada no mundo é mais imprevisível que uma mulher ferida. Independentemente de estar certa ou errada, uma mulher machucada é capaz de ações extraordinárias.

Beatriz se negou a responder meus questionamentos, não participou do enterro da mãezinha, recebeu um homem em nossa casa sem fornecer explicações, e aí, destruiu sua família, abandonando o lar, por uma discussão?

Meu cérebro fritava, pensava mil teorias, me culpava, enfim, eu delirava. Ainda que ela estivesse tendo um caso, se me dissesse a verdade, eu a perdoaria?

Não!

Não sei...

Mas tenho a certeza de que a verdade me libertaria dessa angústia.

Incapaz de agir com a objetividade de um advogado, permaneci pensando como homem comum e tomei a péssima decisão de esperar a poeira baixar, na esperança de que tudo se resolveria.

Em seis dias, fui notificado de que todos os meus investimentos e bens estavam congelados para a resolução do divórcio. Um boletim de ocorrência e uma medida protetiva apareceram, mencionando que agredi a genitora lançando um vaso na direção dela, fazendo ameaças e atentando contra sua honra na frente das crianças. Para finalizar, um juiz, amigo de Jorge, concedeu uma pensão alimentícia de vinte por cento para cada filho, totalizando sessenta por cento de todos os meus rendimentos mensais e a tutela integral da guarda das crianças para a mãe. Não bastasse, eu só poderia ver meus filhos a cada quinze dias e sob a tutela de Beatriz, além de ter que passar por exame e tratamento psicológico, devido às agressões proferidas.

Cometi um erro: acreditei na bondade de Beatriz.

Como se a vida reverberasse em um único instante, meu coração doeu, fiquei ofegante e sem condições de me defender: a ideia de morrer cruzou minha mente.

Todo convite para a morte é perigoso. No entanto, resisti e abandonei definitivamente a ideia de ir a uma loja de construção comprar vinte metros de corda. Eu merecia um desfecho melhor do que esse.

Ao chegar para jantar, deparei-me com a brutal realidade: toda a vida que um dia conheci estava morta. Meu coração acelerava, mas, paradoxalmente, uma letargia me dominava. Num só golpe, vi meu mundo desmoronar: meus filhos, minhas posses, minha esposa, minha renda mensal e meu capital, todos perdidos. Diante de mim, erguia-se uma inimiga implacável: a solidão.

Beatriz recusava minhas ligações e ignorava as mensagens no WhatsApp, enquanto a escola, por ordem judicial, impedia minha convivência com os filhos. Lembrei-me dos estudos que fiz sobre alienação parental, sobre como as famílias se destroem e pais e mães usam seus filhos como munição em suas guerras. Em meus pensamentos, minha fala no congresso da universidade remetia ao momento em que comecei a discutir com aquela morena atraente. Eis a ironia: havia sinais de que isso aconteceria?

Um colega do escritório, que se casou quatro vezes, sempre repetia para nós que só conhecemos uma mulher quando nos separamos dela. A mesma situação deve ser válida para os dois sexos, é verdade, mas é estranho pensar que meus estudos e que minha vida estava cercada por aquele tema tão polêmico. Quando estamos fodidos, é melhor se entorpecer do que ficar são. Eu precisava de um pouco de ópio, mas nunca curti drogas ilícitas, sempre fui careta. Chifre, separação e tristeza são coisas que combinam com a cachaça, pensei.

Em solidão, bebendo, lembrei-me de uma obra de Plutarco intitulada *Como tirar proveito de seus inimigos*. Deste livro, um trecho em particular ressoou em mim: "Nós nos vingamos utilmente de um inimigo afligindo-o com o nosso próprio aperfeiçoamento moral." Se a vida é uma piscina de merda, era nesse consolo literário que eu encontrava a força para enfrentar minha batalha interna, sem revelar minha vulnerabilidade a um círculo de amizades complexo.

Com a frase de Plutarco em mente, decidi não ficar pensando em como caí, mas sim em como me reerguer. Entrei em contato com Jean, um colega que se formou comigo e ótimo advogado, e passei tudo para ele fazer minha defesa. Entendi, por fim, que eu precisava deixar meu advogado trabalhar, fazer um bom recurso e aguardar, para reverter tudo isso. Sei que a justiça favorece as mulheres, para proteção delas, é verdade. Mas também é verdade que essa mesma proteção, por vezes, é desproporcional e não analisa os casos individualmente. Ou seja, se uma mulher mente ou não, pouco importa, ela não apresenta provas e todo o aparato jurídico estará a seu favor, podendo destruir a vida do homem.

Aos poucos consegui cumprir as obrigações mais urgentes do escritório e organizei boa parte da minha vida. Eu lidava com o que estava ao meu alcance, ignorando o inalcançável.

Ciente de que permanecer atrás de Beatriz e das crianças agravaria minha situação, reconheci a necessidade de me distanciar de tudo, confiando em meu advogado e na justiça. Ninguém legisla bem em causa própria e me faltavam condições psicológicas de ajudar no meu processo. Todos os meus conhecimentos jurídicos não serviam para nada. Simplesmente eu fiquei mal, adoeci, sentia falta das crianças, da casa, de tudo, mas eu não queria saber mais de Beatriz.

Após algumas semanas na fossa, retomei a sobriedade. Pela justiça, consegui liberar alguns bens e derrubei a exigência de avaliação e tratamento psicológico. Voltei a correr, malhar e comecei a praticar boxe. Fui me recuperando, cuidando do meu corpo e da minha mente, me alimentando corretamente, comecei a sair para me distrair, eu renasci.

Permaneci quase três meses esperando que as coisas se resolvessem na justiça, para que eu pudesse ver meus filhos adequadamente e que a pensão alimentícia fosse reduzida para um valor justo e racional, mas nada disso aconteceu. Do jeito que dava, continuei vivendo. Saía com amigos, ia para bares e boates, conheci algumas garotas, mas nada era sério, apenas passatempo.

Numa manhã de sábado, enquanto passeava pela cidade, reconheci que as contas estavam apertadas. Percebi que o automóvel que me pertencia não combinava comigo. Aquele modelo não representava mais a minha vida. É uma questão simples e pragmática. Trocar um veículo importado por um barato e econômico, mas qual? Então, parei em uma revendedora e um jovem me atendeu. O rapaz me ofereceu café, água, fez vários elogios ao meu carro e perguntou se eu não estava interessado em fazer algum negócio.

— Rapaz, eu poderia trocar meu automóvel por um mais simples e receber a diferença em dinheiro? — perguntei.

— Senhor, se o negócio for bom para nós dois, se o seu carro estiver todo quitado e com os documentos ok, não haveria motivos para não negociarmos! — respondeu ele.

Foi quando eu disse:

— Ei rapaz! Aquele ali é um Uno bem cuidado, não?

— Realmente, senhor, esse carrinho econômico é forte como um trator! O senhor sabe disso, não?

— Certo — respondi tentando manter-me calmo diante daquela abordagem convincente do vendedor. — Rapaz, e o motor? Quanto esse carro rodou?

— Senhor, apenas 80.000 km, totalmente revisado, com nova suspensão!

— Hum. Você é um ótimo vendedor! Então, vamos fazer negócio — respondi entusiasmado.

Essa é a história da troca de um SUV Volvo 4×4, completo, seminovo, por um usado Fiat Uno Mile Fire 1.0!

O que fiz foi loucura ou necessidade? Eu poderia ter aguardado ou lutado contra as contas que atrasavam. Poderia trabalhar mais, para manter o padrão de vida que eu tinha, mas para quê?

Quanto mais eu trabalhava, mais aumentavam os gastos. Vivia cansado, com olheiras e gastrite. Eu precisava ajustar essa balança. Deveria desacelerar, diminuir os gastos, controlar as ambições, mudar meus hábitos e círculo de amigos, e voltar a viver de maneira mais simples. Passei metade da minha vida sem dinheiro para o vale-transporte, caminhava e pedalava por horas para estudar, mas me acostumei a existir de maneira diferente. Eu precisava retornar, um pouco, ao modo moita de viver.

Chegou um momento em que as pessoas da concessionária me olharam com curiosidade, pensando que eu estava drogado, ou que eu era um rico mimado fazendo uma bravata. Mas não, eu estava bem consciente.

Carro beberrão, caro, pesado, me cansava sustentar aquele luxo. Eu vivia trabalhando como louco para pagar as contas daquele monte de merda. Chega! Peguei a diferença em dinheiro e me preparei para a viagem.

PARTE III

XXIX

Pé na estrada. "Meus inimigos tomaram minhas coisas de mim, mas não tomaram a mim mesmo", pensei. Aqui está um dos paradoxos da vida: é quando estamos na lama que realizamos feitos incríveis! Mas eu nunca tinha feito uma viagem libertária. Certamente é mais fácil ler Jack Kerouac no conforto da minha casa que seguir em uma aventura sem limites. Lembrei-me de um livro que li sobre o que é viajar, segundo os filósofos. Essa obra pequenina, divertida e didática é fascinante, embora eu não me lembre do título do livro. Marcou-me a ideia de Michel de Montaigne. O filósofo francês acreditava que explorar o mundo é uma espécie de reinvenção e escapismo. Atualmente as pessoas ocupam os lugares turísticos e tiram fotos que reproduzem poses que milhares de outras pessoas tiraram. É muito simplório; no entanto, repetimos atitudes, imitamos artistas e blogueiros, somos marionetes. Juntamos dinheiro para conhecer a Disney, Las Vegas, Paris e Veneza. Mas esses espaços turísticos não contêm substância, são quase vácuos. Ficamos em filas para repetir uma selfie batida e seguimos acreditando que estamos prosperando na vida. Sem surpresas, tudo foi previamente "instagramável". Isso é viajar?

Para mim a indagação sobre o que é viajar tinha um contraponto mais profundo: o que é um lar?

Nesses dias de solidão, descobri logo que Beatriz não habitava em mim. Nosso lar era incompleto, e um lar é construído quando duas vontades se voltam para um único propósito, mas Beatriz se tornou borboleta.

Ela jamais encontrará alguém como eu?

Não tenho certeza, talvez já existisse alguém superior e mais atraente. O Jorge? Mas isso me importava?

Vim de família humilde e era menos ambicioso do que ela.

Os momentos que vivemos, nossos filhos e o nosso casamento, se tornaram apêndices. Sob suas manobras, eu acreditava alcançar a felicidade, mas agora percebo que era uma projeção da minha mente.

Uma opinião não carrega uma intenção de verdade e sempre podemos alterá-la. Quando dizemos que temos certeza de algo, aí é diferente, temos o compromisso com um juízo emitido e nos vinculamos ao que ele expressa.

Há pessoas que são capazes de mudar nossa percepção das coisas. De fato, pensando sob essa perspectiva, no passado eu me sentia feliz ao lado dela. Porém, agora sabia que aqueles sentimentos não correspondiam. Sim, Beatriz sempre foi uma mestra na arte de fazer as coisas darem certo. Mas também devo admitir que ela jamais dissimulou sua natureza sedutora e ambiciosa. Voluntariamente, me encantei por aqueles cabelos negros esvoaçantes que bagunçaram minha vida.

Seu charme, sua linhagem, as conquistas financeiras, tudo isso adornava aquela bela mulher que florescia novamente. Não menosprezem o poder de uma linda mulher no auge dos seus quarenta anos! Quando uma mulher elegante, com posses, frequenta festas, viaja e aparece solta na sociedade, sem mostrar um vínculo sólido com seu marido, os homens a percebem como disponível. No fim das contas, a permanência no casamento dependerá da firmeza da vontade do casal em manter seu lar.

Analisando melhor, entendi que nos últimos anos Beatriz intensificava suas atitudes sedutoras, suas saídas pouco explicadas, seu novo modo atraente de se portar na vida. Finalmente percebi que, dadas suas ações, eu já não era mais útil.

Quem nunca errou?

O que não é visto não toca o coração do outro?

Quando o ato de trair muda a percepção de um relacionamento?

Quando o gozo fora de um matrimônio destrói uma união?

Eu era pai de três filhos lindos, conquistei capital, meu escritório seguia sólido e contava com uma vida inteira pela frente. Dentre as perdas, uma é irreparável e cruel: a alienação parental das minhas crianças. As outras baixas são danos da vida. Perdi um casamento e um bom montante de dinheiro, mas essas coisas podem ser revertidas ou superadas. Contudo, uma alienação parental é imperdoável e irreversível, porque os sorrisos, as brincadeiras, os abraços, o tempo perdido, jamais serão revogados. Até os criminosos mais temíveis do sistema prisional recebem as visitas dos seus filhos, e nestas visitas, tudo faz sentido, eles ganham força, amor e conseguem prosseguir; no entanto, jamais duvide da ira de uma mulher; uma mulher ferida é capaz de tudo.

Na época em que o pensamento se tornava meu refúgio, minhas inclinações tumultuavam meu caminho, levando-me a filosofar desnecessariamente sobre vingança. Considerava prejudicar sua vida, agredi-la ou algo pior em um momento de loucura; mas não, esse não era eu.

Cada vida é única e não pode ser medida ou comparada de maneira simples, e finalmente aceitei que precisava deixar a roda da fortuna girar: "Foca apenas no que depende de ti", eu repetia para mim mesmo, todos os dias. O melhor que eu tinha a fazer era cuidar de mim mesmo. Minha casa vazia, deixada pela Beatriz, era eu; aquela casa era eu. E, vamos refletir, um lar desabitado abriga a vida e a morte.

O ódio, sem dúvida, residia em minha alma, mas eu reconhecia a necessidade de dar um respiro àquela guerra. Contudo, afastar-me do conflito e abster-me de envolver-me com meus filhos equivalia a uma tortura quase insuportável, uma experiência próxima à própria morte.

Após essa névoa, hoje, sou mais ciente. A estratégia dela era me enlouquecer, através do afastamento dos meus filhos; e eu não deveria me entregar aos próprios ímpetos a ponto de negligenciar minha sanidade. Assim, temeroso, entendi que existe o tempo da guerra e o tempo da paz. O desejo de vingança necessitava se aquietar, pois, quando somos massacrados, precisamos recuar, recolher os destroços e nos recompor adequadamente. Mas sim, eu abstraí e me concentrei em ir de Curitiba para Roraima em um Fiat Uno.

Pegar um avião não era alternativa, eu precisava de alguns dias de cura para chegar bem e tentar encontrar minha mãe. Mesmo com Alzheimer, minha avó nunca mentiu, então acreditei na história que ela contou antes de morrer, que poderia ser apenas um devaneio. O que eu teria a perder? Sem ter certeza do que descobriria, transformei aqueles acontecimentos em uma tentativa de cura.

Enquanto pensava sobre essas ideias e planejava a viagem, evitava fazer um checklist completo, permitindo-me agir fora da zona de conforto. Seguia espontaneamente; então, na loja de produtos de camping, o vendedor me convenceu a comprar uma barraca nacional, para três pessoas e uma cadeira de camping desmontável.

Comprei o essencial: duas toalhas que secavam facilmente, uma lanterna e uma faca de combate. Incluí também um canivete suíço, um fogareiro portátil, um kit com uma panela e talheres. Adquiri uma caixa térmica, um bom cantil e uma térmica para café, além de outras miudezas. Por fim, passei em um mercado e comprei itens como arroz, sopas solúveis, barras de proteína e barras de cereal, castanhas, chá, café, açúcar, biscoitos.

Deixei-me levar experimentando uma mescla de excitação e decepção. Praticamente sem pai, nunca tive a oportunidade de acampar. Constatei também que nunca havia proporcionado essa experiência aos meus filhos. A Beatriz de quarenta anos nunca acamparia. Contudo, aquela que me amou na época do nascimento do Heitor, possivelmente. Mas a mulher atual não seria devorada por mosquitos, não compartilharia banheiros com desconhecidos, não dormiria mal no chão e não enfrentaria tantos outros desafios que estão na essência de um acampamento.

Foi nesse momento de organização da viagem e reflexão que recebi uma ligação que iluminou o meu dia: Heitor me telefonando!

— Oi, pai! Como o senhor está?

— Bem, dentro do possível, filho, com muitas saudades de vocês.

— Pai, essa situação é muito estranha. Não entendi bem o que aconteceu. Amo a mamãe, mas não quero tomar partido e não acredito nas coisas que ela falou de você.

— Sua mãe está profundamente magoada, filho. Por favor, cuida dela e dos seus irmãos. O seu pai está bem e sempre fará de tudo por vocês. Vou viajar para conferir se a história da mãezinha foi um delírio ou a realidade. Você tem aula, filho, senão iria comigo. Mas pode ter certeza de que faremos viagens juntos, experiências bem diferentes das que tivemos. Quero acampar com vocês, meu filho. Faremos uma fogueira, nunca fizemos isso e acredito que você gostará!

— Adorei a ideia, pai. Preciso ir, boa viagem! A mãe está chegando; e como ela ainda está muito chateada com o senhor, não quero que me veja ligando. Te amo, pai. Fica com Deus!

— Você também, meu filho. Fica com Deus.

XXX

Após o anoitecer da minha vida, naquela manhã, virei a chave e dei vida ao meu carro. Liguei o som e minha lista de reprodução automaticamente iniciou com John Coltrane, referência da minha querida orientadora da faculdade. Eu gostava de iniciar pelas músicas instrumentais e progredia do jazz para o rock progressivo, flashback, pop rock internacional e nacional, até chegar nas modas de viola.

Dirigindo despreocupadamente segundo o caminho traçado pelo GPS, seguia pela BR-376 e planejei passar por Ponta Grossa e dormir a primeira noite em um camping não muito longe da cidade de Londrina. Minha meta era fazer no máximo seis horas de carro por dia, parar em bons campings e relaxar nos entardeceres.

O ato de dirigir um carro é um prazer, e eu estava me divertindo com aquele Fiat Uno, um carro duro, porém firme! Não sou um homem natural. Sou artificial, fruto do meio, com vícios e virtudes deste mundo capitalista. Ansiando por um respiro, a jornada até Tepequém seria, definitivamente, a minha reconciliação com a vida. Longe de ser um personagem de uma obra de Jon Krakauer, nunca almejei abandonar a cidade para voltar ao estado de natureza.

Sentia que o universo dos escritórios aprisiona e eu queria respirar, ver a natureza sem pressa, escutar os pássaros. Percebi que, ao longo dos meus dias, sempre me preocupei em como sobreviver, como pagar as contas e como não perder o que conquistei.

Nas pausas da viagem, desejava estacionar o carro em um local sereno, um camping com espaço para fazer churrascos, banheiros, água potável, luz para escutar músicas, montar uma barraca e organizar-me com utensílios básicos. Pretendia cozinhar e contemplar a natureza desinteressadamente, sem pressa e sem qualquer motivação econômica.

Acampar é uma atitude anticapitalista?

Sim e não. Eu pensava que existia uma solidariedade nesses espaços. A prática atraía tanto pessoas abastadas quanto pessoas simples, e todos, cada qual com suas coisas e seus materiais de camping, acabam interagindo em uma atmosfera diversificada que transcende barreiras sociais. Imaginava que em um camping você encontrava o pedreiro, a empregada doméstica, o empresário, o médico, e quem está ali deve aceitar a presença do outro, enxergando-o além de sua classe social e dos papéis que normalmente o definem.

Uma família abastada tem a possibilidade de adquirir uma barraca de marca, enquanto uma menos afortunada pode construir uma com lona preta ou com quaisquer materiais disponíveis. Independentemente disso, barracas são barracas, e todas as crianças se deliciam ao ficar embaixo delas, pela pura diversão. O que realmente faz a diferença são as pessoas, as brincadeiras e o amor compartilhado entre pais e filhos, e entre as famílias.

Embora a idealização da igualdade social nos acampamentos seja utópica, concordo que ocorre uma pausa, um cessar-fogo que propicia interações mais espontâneas que nos afasta do turismo de massa.

Longe de manifestar-se como um ato revolucionário, acampar transgrede aspectos da lógica capitalista. Famílias economizam ao se organizar com barracas e utensílios, levando consigo muitas coisas de casa e se divertem acendendo fogueiras, com as crianças correndo no mato ou na praia, e isso certamente valoriza o ato de estar junto.

Fico pensando naqueles homens e mulheres, nômades, que se satisfaziam em migrar e ficar em cavernas. Nossa trajetória humana sofreu uma mudança quando optamos por estabelecer raízes, fixar residência, nos estabelecer, cuidar de um pedaço de terra e erguer um abrigo. Território é o que nos define! Batemos no peito com orgulho e proclamamos: isso é meu!

Embora eu respeite Karl Marx, sempre nutri um ceticismo em relação à ideia de que somos inerentemente comunais. Certamente, temos a capacidade e a vontade de compartilhar, mas aspiramos ter nossas próprias coisas, prosperar e enriquecer. No entanto, concordo com o pensador que essa inclinação ao lucro pode aniquilar a humanidade e é necessário tomar medidas para uma organização mundial mais justa, prevenindo assim o nosso fim.

Sei que, devido à solidão que permeou minha infância, sempre ansiava por uma casa completa, grande, com tudo o que se espera. Porém, compreendi que ter uma casa é algo diferente de ter um lar. O conceito de lar transcende a posse de um imóvel. Atualmente, uma ampla comunidade de nômades rejeita o rótulo de "sem-teto". São pessoas conscientes, ávidas por viver para além de muros e celulares, as quais se assemelham a naturezas desancoradas, rebeldes e fora de ordem, que ocupam espaços ocultos. Outros foram, muitas vezes sem escolha, levados para uma vida de deslocamento, adaptando-se para sobreviver.

A ideia de lar está ligada à sensação de pertencimento, realização pessoal e felicidade, independentemente do formato de moradia. Seu lar pode ser um trailer, uma Kombi, um Fusca antigo, um Gol quadrado, uma vã ou "somente" uma mochila. Entre eles, muitos trabalham por temporada ou em subempregos, enquanto outros mantêm empregos sólidos, gerenciando suas atividades através da internet, enquanto viajam e conhecem um pouco do mundo real.

Fiquei pensando sobre essas coisas, que o mundo pode ser explorado de diversas maneiras e que, no momento apropriado, eu viajaria com meus filhos de modo despojado, sem luxos.

Na maior parte do tempo, meus olhos se perdiam nas paisagens e nos carros ao redor, mas minha mente flutuava entre dois planos distintos. De um lado, mantinha-me atento aos eventos da estrada, conduzindo com prudência e desfrutando da jornada. Do outro, minha mente mergulhava em reflexões sobre todos os aspectos da minha vida.

Vivi cercado de vigilância, autocontrole e autocensura, para sobreviver em uma terra arrasada. Ora, pensava que sim, eu persistiria sendo eu mesmo. Continuaria uma pessoa tranquila. Agora, enquanto dirigia, entendia melhor que minha família seria continuamente reconstruída. Viveria o restante da minha vida sem Beatriz, e as coisas nunca estariam prontas. Não existe família perfeita, sempre estaríamos retomando os laços perdidos de um passado que nos coloca diante de um futuro em processo.

Na estrada, minha mente transgredia a relação tempo-espaço. Seguia dirigindo, vendo as coisas passarem por mim como se eu fosse um telespectador de um filme desconhecido.

Gosto das estradas tranquilas, rodeadas por árvores, com cheiro de grama e de mato, e aprecio dirigir por esses espaços com as janelas abertas. Dessa forma, deixo o vento fluir em meus ouvidos, e o eco característico me lembra de que a vida vai muito além da quietude.

Em trânsito, minha intenção não era adotar o estilo de vida estereotipado de um "hipster" da estrada, nem me isolar em uma existência austera à maneira de Diógenes, o Cínico. Unicamente desejava passar por um minúsculo pedaço do mundo sem ser controlado pelas demandas dos negócios que sugavam minhas forças. E nesse exercício de movimentar-me em paz, eu poderia refletir para além das exigências da vida capitalista. Próximo ao entardecer, fui me acercando de Londrina.

Cheguei cedo ao meu destino do dia, por volta das quinze horas. Rapidamente organizei as minhas coisas em uma estrutura equipada com churrasqueira, um teto com telhas, pia e tudo o que era preciso para me instalar. Salto das Orquídeas ficava mais ou menos a 130 km de Londrina.

O camping era muito confortável, e aquela região oferecia atrações como cachoeiras e um lugar sensacional chamado de Pico do Agudo, além do Mirante do Sítio Shalon, situado na cidade de Sapopema. O acampamento estava em terreno elevado, proporcionando uma vista deslumbrante, com montanhas ao redor. Fiquei interessado em explorar esses pontos de ecoturismo em uma outra oportunidade. Preferi me aconchegar no camping, fazer um café com um lanche e descansar, pois estava bem ventilado e gostoso.

O dono do camping, sr. Ricardo, era um senhor de descendência italiana, bem característico. Alto, branco, olhos verde-claros e um pouco calvo. Ele era simpático. Tinha um nariz enorme, que não era feio, mas bem característico. Foi então que decidimos fazer um churrasco. Compramos carne, cervejas e sal, e juntamos lenha.

Continuamos com aquela organização espontânea: acompanhando o churrasco, fizemos salada e maionese de mandioca, que eu adorava; e ele se mostrou um grande bebedor de cerveja e contador de histórias. Por muitas horas me diverti com suas ideias malucas e as histórias improváveis que expressavam um pouco do seu temperamento aventureiro.

Seu Ricardo me relatou toda a sua vida, de sua falecida esposa e de sua família, que veio da Itália e fundou uma cidade no Rio Grande do Sul. Contou ainda que era engenheiro civil e que por muitos anos trabalhara como professor de Física e Química. Mas, de agora em diante, queria curtir a vida, pescar, beber cerveja e ficar em paz no canto dele. Contou sobre seus filhos, a quem amava profundamente; todos eles, doutores bem-sucedidos, que ganharam o mundo afora e cada qual cuidava de sua própria vida.

Entre o churrasco e a cerveja, passamos a tarde toda e boa parte da noite conversando e olhando aquelas paragens. O tempo voou, e por volta das vinte e duas horas decidi me recolher na barraca, pois senti o frio daquelas montanhas, e, assim, eu me esforçava para relaxar.

Fiquei feliz com aquela noite, com o contato amigável de um desconhecido que compartilhou uma boa refeição, sem compromissos, sem jogos de negócios, sem intenções ocultas. Apreciamos a companhia um do outro e cada um seguiu o rumo de sua própria história. Fruir o acontecimento de existir é bem mais do que viver encontros duradouros, também é formado através da degustação de desencontros. Foi assim que cruzei o caminho do Ricardo sem ideia se nossos destinos se tocariam no futuro.

xxxi

— Oi, pai, bom dia!
— Bom dia, meu filho! Que bom receber uma ligação sua tão cedo!

— Pai, desculpa atrapalhar sua viagem, mas a mãezinha não estava mentindo. Seu irmão conseguiu o telefone do escritório e sua secretária passou o telefone da mamãe para ele. Ele tentou te ligar ontem, mas só dava caixa postal, por causa da sua viagem.

"Sua mãe, minha avó, em Roraima, insiste em ter você do lado dela antes de morrer. Toda a família dela está desesperada. Ela tem um câncer terminal, mas está aguardando por você."

Respirei fundo. Lágrimas escorreram. Senti alegria e uma dor no coração, ao mesmo tempo. Como não estar feliz em confirmar que minha mãe estava viva?

Mas o giro da fortuna é cheio de surpresas. Eu seguia para Roraima em uma viagem de carro que cortaria boa parte do Brasil; porém, o destino exigiu que eu partisse imediatamente.

— Filho, me passa o número do telefone dele. Vou pegar um avião e logo chegarei em Roraima.

Utilizando a internet do camping, verifiquei que a melhor alternativa era voltar para Curitiba e pegar um voo naquela noite. Juntei minhas coisas, dei um abraço caloroso no sr. Ricardo e voltei para casa, a fim de deixar as coisas e pegar o avião para Roraima. Na estrada, aquele Fiat Uno não me deixou na mão. Consegui manter um bom ritmo de 110 km por hora e cheguei conforme planejei.

Deixei o carro, juntei algumas coisas às pressas em uma mala, tomei um banho e peguei um Uber para o aeroporto.

Sim, Roraima! Meu coração pulsava, eu estava em frenesi. Minha vontade era ajudar o piloto a acelerar, contar minha história e fazer encurtar aquela viagem. Porém, o mundo não gira ao redor do nosso umbigo, era tempo de esperar e deixar que as coisas acontecessem.

O trecho de Brasília para Roraima, às 23h45, foi o mais desgastante. Cheguei em Boa Vista por volta das 3h15. Na viagem, o avião estava lotado, com muitos venezuelanos misturados aos brasileiros. Eu gostava daquela diversidade, era um grupo heterogêneo, pois notei certos comportamentos de inimizades entre uns e outros. Logo ficou claro que o problema da fronteira era visível. A crise do país vizinho não era apenas uma manchete de jornal, as pessoas daquele país estavam migrando para o Brasil em um tudo ou nada, do jeito que dava. E aqueles imigrantes que estavam no avião comigo tinham seus motivos para voltar a Roraima e reingressar na Venezuela.

Ao desembarcar do avião e caminhar uns duzentos metros, senti o calor característico da linha do equador. O ar abafado e sufocante contrastava com a energia alegre daquela localidade. Fui tomado por uma sensação de familiaridade, sentindo que aquele lugar me era conhecido.

Enquanto aguardava pela minha mala despachada, uma muvuca ocorria no recebimento das bagagens, mostrando que a localidade era animada. Notei uma mistura de pessoas portando o estilo country do sul, com outras usando roupas com cores fortes e fosforescentes. Desde o avião e no desembarque, tive alguma ideia daquela diversidade. De um lado, os "sojeiros" do sul estavam migrando para lá e, de outro, aquelas pessoas que falavam espanhol, venezuelanas, com seus gostos de roupas misturando muitas cores.

Sempre gostei dessas misturas, dessas relações ocasionais entre modos distintos de se portar no mundo; e, agora, eu me sentia no cruzamento entre o Brasil, Venezuela e Guiana.

Enquanto saía do aeroporto com minhas bagagens, avistei uma pequena loja de souvenirs e decidi comprar um chiclete para mastigar, antes de pegar um Uber. Na loja, um livro com um título intrigante chamou minha atenção: *Assassinato no Monte Roraima*.

Após folheá-lo, incluí o livro em minhas compras. É difícil não se interessar por um título como esse. Fiquei instigado e pensei em lê-lo assim que eu tivesse a chance. Logo após cumprimentar o vendedor, guardar o livro e abrir a embalagem de chiclete, enquanto me encaminhava ao portão de saída, curiosamente alguém me segurou bem forte pelo braço esquerdo.

Embora cada história seja única, há um elemento comum entre todos os sobreviventes: a experiência do sofrimento, muitas vezes manifestada pela angústia. Naquele instante, o toque em meu braço me petrificou.

Eu me sentia imóvel como uma estátua, com meu passado e presente convergindo em um único instante. Eu já estava em Roraima e não haveria oportunidade de recuar. Absorto por aquele toque de um desconhecido, retornei à sobriedade rapidamente quando ele me perguntou:

— Desculpa te incomodar; o senhor é o João de Curitiba?

Olhei bem para o homem, que aparentava ter cinquenta anos, cabelos negros ralos, olhos puxados, portava algo em torno de um e setenta de altura, me olhava fixo nos olhos, com um toque de ternura.

— Sim, sou eu — respondi.

— É embaraçoso dizer isso, mas sou seu irmão mais velho, Davi.

Olhei bem para ele, minha vontade de abraçá-lo estava mesclada com o temor de que a informação fosse apenas um sonho, uma bravata ou algo que não se alinhasse à realidade. Cedi ao momento, estendi a mão e dei um abraço nele e, sem muitas formalidades, cientes do delicado estado de saúde de nossa mãe, partimos imediatamente do Aeroporto de Boa Vista para Tepequém.

Ainda no perímetro de Boa Vista, Davi relatou muitas histórias. Contou meticulosamente sobre cada membro da família e tudo o que a mãe tinha passado. Com seus sessenta e quatro anos, ela lutava contra um câncer terminal havia um ano, e não aceitava morrer sem encontrar seu filho, João. Davi contou ainda que ele e as duas irmãs sentiam ciúmes do caçula, mesmo sem me conhecer!

— João — prosseguiu Davi —, a mãe nos proibia de ir atrás de você. Ela tinha muito medo de que o pai te matasse e voltasse aqui para fazer mal contra todos nós.

Aquele homem, meu irmão, aquele homem era um demônio, e o desaparecimento dele é uma bênção divina. Nossa mãe, inclusive, só encontrará a paz na morte ao saber que ele sumiu e que finalmente pudemos nos reunir com você. Permaneça forte, meu irmão — expressou Davi de maneira enfática. — Faz um ano que o médico diz que ela vai morrer e, mesmo tomando morfina e um monte de remédios, ela insiste em viver um pouco mais, te esperando.

A estrada se estendia em direção a Pacaraima, a cidade fronteiriça com a Venezuela. Nossa mente sempre pinta o final da estrada como um refúgio e, todas as vezes em que eu viajava para longe, mantinha uma expectativa ansiosa. No entanto, ao chegar, um sentimento de frustração geralmente tomava conta do meu ser. Cheguei! Mas, e daí?

Nosso lado dionisíaco clama por mais, por deslumbramento, por derramamento; no entanto, a realidade é bem menos criativa em atender nossas expectativas. Mas não, naquele dia, eu estava bem, me sentia alegre e feliz, pressentindo a possibilidade de recuperar um amor de uma vida, guardado, entre o meu coração e aquele local chamado Tepequém.

Naquela madrugada, ao partir da cidade de Boa Vista pela BR-174, contemplava o reflexo do vidro do carro, ansiando testemunhar o nascer do sol em Roraima ao lado de um irmão.

Senti-me um privilegiado por estar com aquele homem que demonstrava uma sobriedade agradável, uma honradez em seu semblante. Ao observá-lo dirigindo seu carro usado, mas bem conservado, me lembrava da minha avó.

Não tanto pela aparência de Davi, mas por aquele jeito orgulhoso de se portar no mundo, características herdadas da mãezinha, como alguém que carrega a virtude de ser honesto, algo raro no mundo atual.

Na estrada, Davi me apresentava algumas informações, tornando a viagem mais agradável, diante daquele percurso esburacado que contrastava com as belezas e as curiosidades locais. Ele contava que os buritizais, igarapés, praias de água doce, lagos, incluindo o famoso Lago do Robertinho, destacavam a singularidade daquela região de lavrado, mas que nada se comparava com as paisagens de Tepequém.

Cruzamos a ponte de um rio, chamado Cauamé, e, após um breve trajeto, paramos para tomar café em um local pitoresco chamado "Quarto de Bode". Nessa oportunidade, conheci a famosa paçoca roraimense, preparada com carne de sol desossada, cortada em pedaços, desfiada e frita, com farinha, segundo relatado por Davi. Essa receita surpreendeu, pois eu jamais imaginaria que um prato salgado como esse levaria tal nome, e aquela refeição combinava perfeitamente com café preto e um pãozinho de queijo recheado com carne de sol.

O local era despretensioso, bastante simples, mas singular, emanando uma atmosfera gentil. Percebi aquele espaço como um ponto turístico, atraindo a atenção de pessoas que paravam ali para tomar café, esticar as pernas, tirar fotos, utilizar o banheiro disponível e seguir viagem. Notei então o quanto aquela atmosfera de Roraima era mais lenta, mais leve, menos preocupada, como se o tempo rodasse mais calmamente.

Certamente Davi estava preocupado com a saúde da nossa mãe, mas, ao mesmo tempo, ele sabia que não poderia mudar a ordem do mundo, e fazíamos uma viagem tranquila, bem diferente do ritmo curitibano. Em um entroncamento da BR-174, entramos na pequena cidade de Amajari, onde o calor da manhã se intensificava e o sol mostrava todo o poder da região equatorial.

Pequenas aldeias indígenas povoavam alguns arredores da estrada e duas placas curiosas, de madeira, escritas de maneira irregular, chamaram minha atenção: "Lanche Taurepang" e "Vende Gasolina".

Seguindo por aqueles espaços de lavrado, a estrada mesclava trechos bons com outros péssimos, tornando a viagem cansativa, por esses intervalos nos quais o carro se deslocava lentamente.

— Olhe para o seu lado esquerdo — sugeriu ele.

— Nossa! Isso é um tamanduá?! — exclamei.

— Sim, e temos onça, paca, cutia, gavião, tucanos e outros animais que podem ser avistados por aqui.

— Muito bonito! Eu venho de uma realidade completamente distinta — comentei.

Eu amo o Paraná, um estado lindo, com muita natureza e animais. O problema é que as fazendas de soja estão se alastrando de uma maneira tão agressiva que cidades são engolidas por essas plantações. Antigamente, se plantava arroz, feijão, e até algodão e tomate, entre tantas coisas. Hoje em dia, a soja domina, o que é um problema, pois os alimentos para a população estão cada vez mais caros, concentrando o lucro dessas exportações nas mãos de poucos.

— Bem, mas me fale mais sobre Roraima! — solicitei.
— Não vou arrotar bacaba! Conhece essa expressão?
— Para mim é uma novidade.
— Menino aqui é "curumim", e menina pequena é "cunhã", e as mocinhas são chamadas de "cunhatã".
— Interessante.
— Além das expressões que absorvi no dia a dia, aprendi outras através de um pequeno dicionário que ganhei do meu amigo Júnior Brasil, um artista plástico roraimense, que fez um Dicionário de Roraimês!
— Sensacional! Geralmente estou envolvido com o juridiquês, que é uma bosta, uma chatice só, uma prisão!
— Pois é, vocês advogados costumam ser bem chatos!
— Somos, mas detemos um conhecimento capaz de prejudicar as pessoas, ou defendê-las; e ganhamos muito dinheiro com isso, e até conseguimos colocá-las ou retirá-las da cadeia. Então, ande na linha!
— Vou tomar cuidado — ele riu.
— Cara, putz! Mesmo sendo um ótimo advogado, não posso falar muito em tomar cuidado. Fui burlado e não soube me defender! A mulher me lascou, e através da justiça ela sequestrou meus filhos, minhas coisas, meu salário, e explodiu a minha vida.
"Mas vamos deixar esses problemas de lado. Tenho saúde, sou formado, tenho um bom emprego, amo meus filhos, bola pra frente."
— Que uruca! Valha-me, Deus!
— Eita, chega de roraimês, senão eu não conseguirei acompanhar seu raciocínio!
— Está certo, é assim mesmo; a vida é uma gangorra. Aqui em Roraima, em geral, temos expressões interes-

santes e originais, e outras são variações das que vieram de outros lugares, principalmente do Nordeste. Como canta o poeta roraimense Eliakin Rufino: "Quem é filho do Norte, é neto do Nordeste. Sou farinha de caboclo, eu sou cabra da peste".

— Massa! Está certo! Até poeta você é!

— Sou nada, eu só repito os poetas, e gosto de ler cordéis e outras coisas. Pois é, João, aqui nossa internet e estradas são precárias, são escassos os postos de gasolina e muitas vezes falta luz e água, além de os bilhetes aéreos serem os mais caros do Brasil. Temos os nossos problemas, mas, meu irmão, essa Roraima é uma bênção!

— Pelo que eu captei, você é um apaixonado por Roraima, um fanático — comentei.

— Sim, João, sou apaixonado por essa terra e trabalho como professor de Matemática aqui no município, formado com muito orgulho pela Universidade Estadual de Roraima, na primeira turma do curso que se instalou em Amajari.

— Que interessante! É um trabalho sensacional a universidade pública se instalar no interior — comentei.

— Pois é, infelizmente, com o discurso de cortes orçamentários, aquele pessoal que só fala em orçamento, "os almofadinhas", fecharam muitos polos e turmas que tínhamos do IFRR, UFRR, IERR e UERR. Porém, temos fé que, agora, com o ensino à distância, pode ser que o município tenha novas oportunidades com as universidades públicas. O que você acha do EAD? — perguntou ele.

— Então, sou formado em Direito, mas penso em fazer, algum dia, Filosofia ou Sociologia. Posso avaliar a partir da minha experiência: fiz duas especializações em Direito Trabalhista, uma em um sistema EAD híbrido e outra EAD puro. O curso híbrido mesclava aulas virtuais e presenciais, oferecido pela UFPR, e foi excelente.

"As conferências virtuais ao vivo eram ótimas. A plataforma on-line permitia que as aulas fossem contextualizadas e reforçadas com materiais, vídeos, artigos, atividades de tutoria e fórum. Além disso, tínhamos encontros presenciais para socializar. No entanto, a outra especialização foi uma enganação. Promovida por uma faculdade particular, todas as aulas estavam gravadas, as atividades já estavam na plataforma, não havia interação com colegas de turma e professores, nem encontros presenciais. Aprendi algo? Aprendi, mas a experiência foi bem mais pobre do que a primeira."

— Sim — respondeu ele. — Essa é a mesma experiência que eu tive. Muitas dessas faculdades particulares atuam como caça-níqueis. Para localidades como a nossa, a oportunidade de trazer internet boa, aulas e professores deve ser agarrada. Sejam encontros virtuais ou presenciais, as melhorias podem ser implementadas gradualmente, desde que todos tenham acesso ao Ensino Superior. Neste ponto, sou bem mais realista do que idealista: sabemos que o EAD está chegando, é inevitável, e a luta se concentra em manter a qualidade do ensino e o emprego dos professores.

Continuei aquele diálogo comentando:

— Temos algo em comum: eu também me formei na universidade pública e tudo o que tenho foi proporcionado por ela. Minha formação acadêmica, humana e profissional, esposa, filhos, enfim, tudo eu conquistei graças à universidade.

Davi, prosseguiu:

— Precisamos da universidade pública, o problema é que a garotada de hoje não quer mais saber de ler e estudar, ficam no "zap" e no Instagram o dia inteiro, e, quando querem saber algo, recorrem a um tutorial no YouTube e se consideram conhecedores das coisas. Enfim, João, mudando de assunto: como foi sua vida com nossa avó?

— Cara, foi maravilhosa e perturbadora, ao mesmo tempo, nós não tínhamos escolha. Tudo era difícil, ela era uma guerreira, mas as coisas não foram fáceis.

— Sim, todos éramos escravos do nosso pai, que nos obrigava a vivermos separados, com medo, fugindo de nós mesmos.

Dirigi meu olhar para o horizonte, distraído por uma ponte, um rio e algumas palmeiras, o que interrompeu meus pensamentos sobre nosso pai. Davi notou meu interesse naquela paisagem e esclareceu que aqueles bosques de buritis eram característicos do lavrado de Roraima.

Escutamos um barulho forte e o carro sofreu uma queda inesperada.

Davi gritou, parando abruptamente o carro, e saiu frustrado. Ansioso e preocupado, inspecionou os pneus e a suspensão, antes de remover cuidadosamente o carro do enorme buraco. Infelizmente, nossa conversa foi interrompida, aumentando a preocupação com o estado da roda. Felizmente, aquele antigo Gol mostrou sua resistência e, para nosso alívio, não sofreu nenhum dano.

Retornamos ao carro, mas aquele acontecimento encerrou nosso diálogo, pois, a partir desse momento, ele silenciou e se concentrou nos buracos da estrada, enquanto eu me ocupava em observar os buritizais que pontilhavam os arredores.

Estar ao lado do meu irmão e descobrir aquela pessoa incrível, de simplicidade cativante, que transbordava sabedoria de vida e felicidade, foi um presente.

No horizonte, algumas fazendas surgiam e desapareciam ao longe, e essas visões persistentes me mostravam que o mundo podia ser calmo e lento. Realmente, o homem ao meu lado era uma surpresa: simples, divertido, lúcido e feliz. Sentia como se, desde sempre, desde meninos, corrêssemos por aquelas paragens, por aquele lavrado, pescando, avistando animais e jogando bola. Meu coração transbordava de alegria; a guerra com a vida dera uma pausa.

xxxii

Agora, perto da Serra do Tepequém, no município de Amajari, meu irmão se expressava com mais entusiasmo, conversando e sorrindo, esquecido do buraco que quase danificou a roda do seu carro. Notei a postura de um professor apaixonado, daqueles que estão sempre ensinando, adorando conversar e detalhar tudo o que sabiam sobre um assunto. Seu estilo de fala, embora um pouco peculiar — organizado e parecido com as explicações de um guia turístico — era apenas sua maneira calorosa de tentar se conectar às pessoas. Em nossas conversas, ele se esforçava para me envolver com a realidade daquele canto singular e esquecido do Brasil.

— João, Amajari é o resultado da união de diversas vilas, incluindo a Vila Brasil, por onde passamos quarenta minutos atrás, que se tornou a sede oficial.

"E não se engane pela tranquilidade dessas estradas, essa cidade reúne dezenove comunidades indígenas das etnias Macuxi, Wapichana, Sarará e Taurepang. Cada comunidade tem seus problemas e suas virtudes, cada uma com suas tradições e dificuldades."

— Interessante — complementei. Como pode este lugar abrigar tantas tradições e comunidades diversas? Nunca ouvi falar delas. A única etnia indígena daqui que é frequentemente mencionada nos jornais nacionais é a dos Yanomamis, principalmente em discussões sobre o garimpo ilegal. Mas em relação a essas outras que você mencionou, nunca tive conhecimento!

— João, a cidade de Amajari faz divisa com a Venezuela a oeste e norte, Pacaraima a leste, Boa Vista a sudeste e Alto Alegre ao sul — disse ele.

— Uma cidade bem escondida, com tantas divisas e belezas — respondi.

— Pois é, assim são as coisas. Somos esquecidos, ou pior, não nos conhecem. O Brasil aparenta não reconhecer Roraima como parte desse país, e quando falam de nós, muitas vezes é para criticar as reservas indígenas. Infelizmente, é assim que funciona — disse ele.

— É embaraçoso falar sobre isso. Eu que vim do Sul admito que convivemos com uma visão negativa das reservas indígenas e de seus povos, mas, sinceramente, desconhecemos essas terras e seus costumes. Aprendemos desde sempre que as reservas indígenas são doadas para as comunidades, mas que ficam abandonadas e as pessoas não conseguem se manter em suas terras; mesmo com extensões vastíssimas, não produzem e acabam sobrevivendo de Bolsa Família.

— Davi, meu irmão, essa é a imagem transmitida sobre as reservas indígenas, desenhada pelos grandes produtores, mas tenho certeza de que não corresponde inteiramente à realidade. Imagino que é uma loucura para uma comunidade tradicional se adaptar, do dia para a noite, ao sistema capitalista, e penso que essa não deva ser a intenção dessas comunidades!

"Um dia eu gostaria de conhecer esses lugares e pessoas, interagir com elas. Estou gostando de abrir a mente e ver um mundo diferente daquele delineado no Sul e Sudeste. Nós trabalhamos muito e temos nosso valor e nossas tradições, é claro, mas algumas vezes somos prepotentes com o Norte e Nordeste, sem conhecê--los. Enfim."

— Fique tranquilo, João! Essa polêmica é complexa. Mas te garanto que, certamente, teremos a oportunidade de visitar muitas comunidades indígenas e suas produções, e conhecerá pessoas maravilhosas e tomará o caxiri, experimentará a damurida e muitas outras comidas e bebidas daqui. Você conhece o caxiri e a damurida?

— Eu ouvi falar do caxiri, mas damurida? É uma novidade para mim.

— O caxiri é uma bebida alcoólica de origem indígena que fazemos aqui na Amazônia. Ele pode ser feito de várias maneiras. O meu predileto é o produzido com macaxeira, que é moída e fermenta por vários dias. Não sei se você sabe, mas aqui em Roraima não dizemos "mandioca", mas sim "macaxeira". Já a damurida é um caldo com bastante pimenta e peixe! Eu adoro quando é feita com tambaqui, uma delícia! Você conhecerá, não se preocupe.

— Promessa é dívida, vou cobrá-lo!

— Pode deixar — respondeu ele.

— Bem, sabe, Davi — comentei — eu me perdi por muito tempo viajando para hotéis superficiais, locais despidos de vivências autênticas. Fico feliz em estar aqui em um local tão rico, onde encontrarei nossa mãe e tantas coisas novas para mim.

— De fato, aqui é um lugar abençoado, e, em particular, a história recente de Tepequém remonta aos tempos do garimpo artesanal. Temos muitas histórias fascinantes para te contar, e aquele Platô, lá no fundo, atinge 1.022 metros de altitude!

— Está vendo, João?

— Sim, ainda está bem longe, mas consigo ver um pouco; mesmo distante, parece bonito.

— Vamos subir!

— Bacana, vamos sim.

Meu irmão também me falou das lindas cachoeiras da região, como a Cachoeira do Paiva, Laje Verde, Barata, Funil, Cupim, Igarapés do Miudinho e do Zé Quirino, Tilim do Gringo, Lagoa Paraíso e Poção. Além disso, ele descreveu um lugar com a vista ainda mais bonita do que a que foi retratada no filme *O Rei Leão*, nomeado de "Mão de Deus". Não pude resistir à tentação de brincar se ele era professor de Matemática ou de Turismo.

Mas Davi precisou voltar a se concentrar na direção, pois novos buracos surgiram na estrada. Quase imperceptivelmente, notei que o meu irmão sorriu de novo, e isso me encheu de alegria, daquele seu jeito amistoso e sincero, repleto de conhecimentos que revelavam seu profundo amor por Roraima.

Entendi que nem sempre precisamos viajar para longe. Certamente Davi não tinha recursos para realizar viagens longas para outros países. Em vez disso, ele explorava seu próprio território, sua própria cidade; e isso era algo incrível.

Muitas vezes, pensamos que o mundo é apenas o que vemos na televisão; estamos errados. A natureza pode estar diante dos nossos olhos, ao lado da nossa casa, no horizonte de nossas janelas, enquanto nos distraímos com desejos superficiais de viajar para lugares distantes, como a Europa ou os Estados Unidos. Sim, o mundo é vasto e pode ser interpretado indefinidamente; sua essência nos escapa, somos apenas um ponto de passagem.

Então, subimos a serra lentamente, já que o motor do carro era econômico e utilizava a primeira marcha durante todo o trajeto ascendente. No topo, próximo a uma pousada do Sesc, decidimos parar na estrada, em um ponto que servia como mirante.

Ao descermos do carro, o vento começou a soprar com força, quase nos derrubando, e observamos um casal de araras vermelhas voando graciosamente bem acima de nós, cruzando o horizonte sobre uma paisagem que mesclava mata fechada, montanhas e o lavrado. Era como se o lavrado, uma espécie de primo do deserto, fosse irmão gêmeo da exuberante mata amazônica, todos ali ao nosso alcance.

Voltamos ao carro e a descida foi deliciosa. Abrimos os vidros e, com o ar-condicionado desligado, foi notável o frescor do local, contrastando em uns quinze graus com a sensação térmica do calor de Boa Vista.

Alguns campings começaram a aparecer, junto a pousadas que se mostravam bastante diversas entre si. Algumas eram improvisadas, acolhedoras e básicas, como se fossem um desdobramento da própria casa dos moradores. Enquanto isso, outras, com grandes estruturas, eram complexos suntuosos de empresas que curiosamente se instalaram naquele paraíso escondido.

Uma quadra de esportes e uma igreja evangélica anunciavam a entrada do vilarejo, cortado por uma estrada principal, dividida por uma peculiar pista de pouso que separava, ao fundo, a vista do magnífico Platô do Tepequém, e do outro lado, um pequeno conglomerado de ruas com casas, comércios e pousadas.

Próximo à estrada principal, entramos à direita e subimos por uma estradinha de terra até o alto de uma montanha, em um local lindo, com muitas árvores e uma vista maravilhosa. Paramos o carro e o frenesi contemplativo teve que ser suspenso, Davi corou e me disse:

— Chegou a hora, vamos entrar em casa. Nossa mãe te espera.

xxxiii

A primeira impressão era que poucas coisas chamavam atenção. Poucos objetos, pouquíssimos móveis; era uma casa muito simples. Precisei fixar meu olhar nos detalhes, para decifrar aquele ambiente. Na mesa da cozinha havia um frasco grande, daqueles usados para guardar azeitonas, que estava cheio de uma farinha amarela bem caroçuda. Havia um prato com pimentas verdes e amarelas e, ao lado, uma garrafa com mel e um pacote de pão amassado, daqueles pacotes de padaria, que guardam pães franceses. A sala e a cozinha eram conjugadas, e não havia qualquer separação; era possível traçar uma linha imaginária que separava os pequenos cômodos. Um armário branco de metal, daqueles antigos, bem forte, guardava os mantimentos. A pia, com bastante louça suja, o fogão à lenha ao lado e, do outro lado, um velho fogão a gás e a geladeira branca.

O tempo congelou, eu não conseguia me desligar daquelas impressões, e permaneci parado em pé, olhando cada detalhe. Foi quando fixei meu olhar nos móveis do que seria a sala. Acima do sofá marrom, um pouco rasgado, notei duas fotos bem antigas, em preto e branco, coladas na parede. A foto mais acima do sofá mostrava duas mulheres. Notei, então, que a minha avó era a mais velha, embora a mais nova fosse bem parecida com ela.

Supus que eram minha avó e minha mãe se banhando em um igarapé. E elas eram tão lindas, tão simples, com uma beleza rústica e potente. Fiquei por alguns minutos contemplando a imagem; as duas estavam delicadas, com meios-sorrisos, de vestidos leves, cabelos soltos, em frente a um igarapé, com um buritizal ao fundo.

A outra fotografia, abaixo daquela, retratava uma família completa, com as duas Marias e um monte de gente, crianças e pessoas em um quintal enorme. Eu não estava retratado, eu não estava ali. Senti que a partir daquele dia, sim, eu seria retratado com aquela gente que estava de coração aberto para me receber, para conhecer mais um dos filhos de Maria.

Após essas percepções, passei pela mesa da cozinha e me aproximei da entrada de um quarto, guiado por Davi. Da porta, avistei, na cama, minha mãe, Maria Antônia, de olhos abertos, mas bem quietinha, parada, em estado de paz e contemplação.

Poucas coisas neste mundo são mais doces do que o encontro de uma vida. Seus olhos, repletos de ternura, manifestavam gratidão. Ela, com muita dificuldade, falou bem baixinho no ouvido de Davi e ele reuniu todos ao seu redor, encostados naquela cama humilde, recheada de amor.

Recordo-me de toda a angústia que senti, da inveja das famílias completas que ostentavam carinho, da minha pequena Odisseia para estar ali em Tepequém, recebendo de presente a família que sempre sonhei.

Lembrei-me da tormenta e dos desafios presentes, da conexão perdida com Beatriz, da saudade dos meus filhos e senti que aquele lugar dobraria uma importante página da minha vida.

Relutamos em dobrar as páginas, queremos mais, somos apegados. Egoístas, acreditamos que somos os donos do nosso próprio destino. Mas não, a vida escapa das nossas mãos, e seguimos contemplando o acontecimento do existir como meros expectadores silenciosos, ousando vez ou outra fazer algo que perturbe a calmaria da ordem estabelecida.

Não deixamos para trás páginas da vida. Não há viradas de páginas que resultem em esquecimentos absolutos. Entendi que era possível dobrar nossos caminhos e escolhas, guardando o passado como um elo fundamental do nosso presente e projetando o futuro da existência como um cuidado provisório ao nosso alcance.

Somos tutores do nosso tempo e o mar não tem cabelos por onde se possa agarrar, como diz um grande sambista. Sim, flutuamos em nossos barcos. Navegamos por mares desconhecidos, paramos em alguns portos que nos dão segurança por um bom tempo, mas sempre será necessário lançar-se novamente ao mar, como marinheiros condenados a navegar para sobreviver.

Permanecemos ali, todos calados e tristes, enquanto o sol gradualmente se escondia diante de uma investida de nuvens densas, trazidas de um vento gélido do norte que parecia desafiá-lo.

"Os ventos do norte não movem moinhos?", pensei...

Mas não, o ciclo da sorte se altera, e eu, eu estava ali, ao lado de uma família que exalava amor, com a certeza de que eles amariam meus filhos como seus, naquela casa de pedras bem ao alto de uma montanha em Tepequém.

Daquela casa simples, avistávamos o Platô, com sua exuberância e uma vista jamais experimentada por mim.

Lembrei-me de que os hotéis cinco estrelas têm seus atrativos, mas lugares como Tepequém desafiam todas as boas memórias das viagens luxuosas que fiz. Percebi, naquele momento, que aqueles resorts das minhas viagens com Beatriz eram espécies de bolhas sanitárias, meticulosamente preparadas para isolar os turistas da realidade local, da pobreza e dos costumes dos moradores.

Mas era tempo de pensar o futuro e abandonar as mágoas.

Quem sabe o que futuro reserva?

Meu Deus!

Minha mãe estava ali. Eu, finalmente, estava inflexível diante de uma existência que me fora dada de presente por ela. Foi aquela mulher que amou um homem com seus vícios e virtudes; e daquele encontro, eu estava ali, eu era filho de Maria.

Foi então que ela despertou brevemente e segurou minha mão direita. Com os olhos, indicou o desejo de que todos se aproximassem dela. Palavras, ela não disse, não precisava, tudo estava decidido, pois o momento da despedida dispensa comentários, e bastava estar ali e sentir aquela atmosfera, aquele amor de uma vida que a vida me deu de presente.

O episódio com a mãezinha estava se repetindo, e eu, novamente, tentava manter por mais alguns instantes uma pessoa querida neste mundo, lutando contra o implacável da existência.

Sim, sou egoísta. Eu faria de tudo para conversar um pouco com minha mãe. Mas Maria estava cansada, sua batalha estava encerrada. Lutando ao longo de uma vida por sua família, ela suportou o quanto pôde. Silenciosa, seu olhar pousado em nós ressoava gratidão; e simplesmente Maria aceitou os propósitos e os despropósitos da vida e fechou os olhos.

XXXIV

Após um breve momento de luto silencioso entre os presentes, o funeral foi organizado com uma surpreendente serenidade. Não havia sobressaltos, desespero ou lamentos profundos; a família emanava gratidão. Despedimo-nos de Maria em uma pequenina igreja católica, charmosa, ao seu modo. Seu corpo foi conduzido e sepultado na vila Tepequém, em um cemitério modesto, incrustado em uma montanha, acima da Pousada Platô e adjacente à casa de madeira do famoso artista roraimense Edinel Pereira. Esse lugar magnífico, com vista para o imponente Platô de Tepequém, é sem dúvida um local adequado para Maria passar a eternidade. Precisamos admitir que, por vezes, a morte não é totalmente injusta.

Assim como se coloca vinho novo em velhas garrafas, Maria confrontou seus fantasmas e medos, deixando uma família completa de presente para nós, reescrevendo uma história que parecia condenada ao fracasso. Eu não sabia que a vida era essa ambivalência. Quando finalmente se chega ao seu destino, ele escapa; e, de repente, você é invadido por novos medos e desejos que lhe farão empreender uma nova viagem, e de mudança em mudança a vida cobra seu preço.

Após aquele enterro diferente de tudo o que vivenciei, eu dormi sem pensar; e dormi bem, em completa paz.

No outro dia, acordei e tomei um café da manhã farto, gostoso. Meu irmão se esforçava em me fazer conhecer toda a família, com sua esposa Camila nos servindo com maravilhosas tapiocas recheadas com manteiga de garrafa, ovos e banana da terra, acompanhadas de suco de taperebá. Não bastassem as tapiocas, ela ainda fez cuscuz de flocão com carne de sol desfiada, com a manteiga de garrafa disponível para melarmos o cuscuz. Eu já havia comido tapiocas, porém no Sul eles as fazem na chapa, e não ficam tão moles, finas e gostosas como aquelas que eu estava provando em Roraima.

Como um aperitivo, Davi brincou comigo e me deu um copo, daqueles de tomar tragos de cachaça, cheio de uma bebida opaca, bem amarela e rústica, e disse:

— Eis o caxiri, a cerveja da Amazônia. Experimente!

Eu tomei de uma vez, e achei o gosto bem exótico, levemente ácido e com um toque cítrico, diferente de todas as bebidas que já havia tomado em minha vida.

Naquela manhã andei um bom bocado com meu irmão, e percebi que ele andava de maneira pouco planejada. Caminhávamos pelas ruas principais da vila e ele contava histórias da nossa mãe, de como ela era batalhadora, justa e que estava em paz com a vida e com a morte. Davi também me contou sobre as queimadas, e sobre como a Amazônia ardia em fogo, para abrir roças e pastagens.

Andamos principalmente pela rua principal, que fazia frente à pista de pouso e que, no seu final, seguia para a Cachoeira do Paiva; e naquela rua permanecemos toda a manhã, cumprimentando as pessoas da vila e olhando a paisagem circundante. Próximo a um local conhecido como Camping Picuá, fui surpreendido pela visão de um belo cachorro labrador caminhando livremente pela estrada. Logo depois, observei como ele corria e saltava através do letreiro vibrante que destacava Tepequém, adornado com um diamante que acentuava o nome dessa vila encantadora.

Era como um acontecimento conversar com as pessoas sobre a vida e a morte de Maria. Naquela maneira pouco usual de se despedir de alguém, todos mostravam respeito e gratidão para com aquela família.

Então eu almocei e me recolhi, permanecendo toda a tarde dormindo, como se não existisse o amanhã. Despertei assustado por volta das dezessete horas e cinquenta minutos, quando abri a janela e me deparei com o esplêndido pôr do sol da Serra do Tepequém, terra de cachoeiras, flores e pedras.

Imaginei que o círculo avermelhado e cinzento de queimada era um indício da natureza pedindo socorro e gritando amor, dizendo que todas as coisas podem ser recuperadas se ao menos um dia aceitássemos a dor da verdade.

Deus faz tudo certo?

A resposta permanece incerta para mim. Contudo, continuo a trilhar meu caminho, repleto de curvas e barrancos.

O que quer que aquela bola avermelhada expressasse, alguma mensagem ela tinha para mim. Percebi que o sol era meu. E não me preocupei nem um pouco em compartilhá-lo. Concentrei-me em sentir que nada de grandioso se compara ao sol, e eu estava ali contemplando aquela preciosa bola de fogo que em breve daria lugar a uma bela lua.

Caminhando por entre ruas esburacadas, cheias de vida e pessoas, pensei: "A qualidade do asfalto é duvidosa? As pontes e estradas sempre precisam ser reconstruídas; tudo sofre a pressão do tempo, que nos dilacera como formigas esmagadas por crianças brincando." Lembrei-me de que estradas e pontes também morrem e não resistem à força das chuvas.

Sim, aceitei que todas as pontes da minha vida foram derrubadas e haveria o tempo de reerguê-las.

Chegará o tempo de lançar-me novamente ao mar, e lutar pelos meus filhos e por novas conquistas. O período do luto é uma pausa da luta, do combate que move todas as coisas e nos leva a acordar bem cedo, escovar os dentes e sair para enfrentar o mundo lá fora, mesmo com a maior preguiça, e gritar: estou vivo.

Até que ponto a vida nos molda?

XXXV

Sou alguém que emite um grito diabólico, que aceitou a dor de suas perdas, mas que também exprime a alegria de descobrir sua própria origem. Sim, eu ganhei e perdi a minha mãe ao mesmo tempo. E após uma vida dedicada à construção de minha família, perdi meus filhos e agora me preparo para reconquistá-los, em oposição à Beatriz, diante de tudo e enfrentando todos.

Vencerei?

Não sei, mas vou até o fim do túnel, e descobrirei até onde vai a toca do coelho.

xxxvi

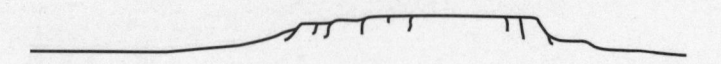

Três semanas em Tepequém e retornei à minha vida. Dois meses se passaram enquanto eu trabalhava em Curitiba, e nada da justiça resolver a situação. Obviamente, eu continuava monitorando o processo, apesar de estar ciente da lentidão da justiça em casos de pedido de medida protetiva por mulheres, em que manobras jurídicas podem se estender por meses, ou até mesmo anos, para distanciar o pai do convívio com seus filhos. Assim, tentava manter a serenidade e persistia à espera.

Um dia acordei doente, nauseado, de tanta saudade dos meus filhos, e resolvi conversar com Beatriz e pedir uma trégua, para que eu pudesse passear com eles. Eu não refleti direito, e nem me lembrei de que qualquer tipo de contato inapropriado poderia impedir para sempre o meu acesso às crianças; porém eu estava aborrecido, desejava liberar todas as minhas frustrações, queria que o mundo acabasse e que tudo se fodesse, eu só queria estar com meus filhos.

Fui até a nova casa de Beatriz, que era belíssima, bem grande e em um bairro nobre. Pensei em desistir, mas o meu coração pedia que eu me humilhasse, que o mais importante era retomar o contato com as crianças. Independentemente do que ela estava fazendo comigo, era o momento de conversarmos sobre nossos filhos, porque a justiça estava emperrada e aquela espera era uma tortura insana.

Toquei a campainha de sua casa, mas ninguém me atendeu. Contudo, não me dei por vencido; então, aguardei pacientemente e aproveitei para enviar uma mensagem ao Heitor, que não me respondeu. O processo legal se arrastava e eu não conseguia esperar que a justiça resolvesse as coisas. Ansiava, no mínimo, que Beatriz me insultasse, até me agredisse; porém, que, ainda assim, permitisse que eu levasse as crianças para passear no shopping. Impaciente, bati na porta, desferindo três batidas firmes, tão intensas que pareciam capazes de causar algum dano. Foi nesse instante que escutei os passos apressados de alguém se aproximando. A porta se abriu e, para minha surpresa, dei de cara com Jean, meu advogado no caso envolvendo Beatriz.

Nós nos encaramos silenciosamente e levei alguns segundos para assimilar os acontecimentos: fiquei atordoado.

Na sequência, ouvi a voz de Beatriz gritar:

— Quem está aí, amor?

Então, ela passou pela porta e estávamos nós três ali: eu, minha ex-mulher e meu advogado, diante da verdade dos fatos. Beatriz começou:

— Você nunca iria entender, João! Iríamos lhe contar tudo. Estávamos preparando tudo para que você aceitasse nossa relação! Você acha que está sendo fácil para mim? Eu queria ser justa com você, mas você enlouqueceu! Você estava sempre ausente, trabalhando, em seu mundo, seu narcisista do mundo das ideias, lendo filósofos e querendo salvar os pobres, com suas ideias malucas de socialismo e igualdade social, sempre fazendo suas coisas, me deixando de lado, sempre estudando e trabalhando naquele escritório; e eu e o Jean começamos a nos envolver pouco tempo antes de o Jorge vir até a nossa casa. Sim, eu tenho vergonha do que eu fiz! Mas naquele dia o Jorge veio a meu pedido e ele sempre foi nosso amigo. Eu não acredito que você desconfiou do Jorge! Eu pedi a ele que me ajudasse a conversar contigo, para lhe explicar tudo e faríamos uma separação pacífica. Mas foi quando você endoidou de vez, achando que eu tinha um caso com ele e começou a me perseguir como um louco! Você me obrigou a fazer o que eu fiz!

Depois que Beatriz despejou sua versão da história, como de costume, ela não conversou comigo. Ela disse tudo o que queria e tentou escapar. Nessa ocasião, ambos tentaram adentrar a casa rapidamente, deixando-me ao relento, mas eu não permiti essa fuga injusta.

Escutei aquele monte de merda daquela mentirosa; então, tentei entrar na sua casa à força, mas os dois empurravam a porta tentando me manter para fora.

— Saía daqui, João, chega! Agora tu já sabes, vai embora e depois resolveremos tudo isso com calma — disse Beatriz aos berros.

Dei um chute forte na porta; então, os dois caminharam para trás, afastando-se. Essa foi minha oportunidade e entrei rapidamente.

A situação se agravou, e Jean tentou novamente me empurrar para fora, mas me esquivei e agarrei sua perna direita, desequilibrando-o e o fazendo cair no chão.

— Para com isso! Chega! Chega, João! Aceita que eu não te quero — continuava Beatriz, aos berros.

— Cala tua boca, Beatriz, sua vagabunda. Eu quero os meus filhos, só quero os meus filhos e as minhas coisas que você roubou! Sua pilantra, sem vergonha — eu gritava.

Foi então que aproveitei a queda daquele bandido e consegui acertar um bom cruzado de direita.

Em pé, deixei Jean no chão. Meu soco foi catártico, mas nada grave. Frente à frente com aquela mulher que tentava destruir minha vida, olhei bem para ela, senti nojo e o meu sangue ferveu, como se eu estivesse muito próximo de cometer alguma insanidade.

Foi então que ouvi um grito distante, de uma senhora, provavelmente a empregada da casa, dizendo: "Não faça isso, seu Jean..."

Mas já era tarde.

xxxvii

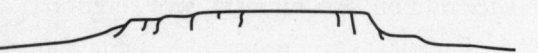

Eu acordei no hospital, com a cabeça enfaixada. Saldo da lição do dia: um desmaio, meu crânio rachado e treze pontos na minha cabeça. Ao meu lado estavam Jorge e meu filho Heitor. Heitor segurava minha mão esquerda e, quando fiquei desperto, Jorge comentou:

— Meu amigo, eu sabia que isso aconteceria. Tentei alertá-la, mas ela se apaixonou loucamente por Jean. Infelizmente; e tentei, tentei persuadi-la a dialogar contigo e a se separar com dignidade, mas ela não me escutava. Ela era incapaz de te revelar sobre esse relacionamento e depois tudo se agravou quando Jean aceitou o seu caso, dizendo que te informaria e que organizariam, os três, uma partilha de bens justa e honrosa, entre amigos, mas nada disso aconteceu. Eles não tiveram coragem de lhe contar; deixaram esse processo rolar e acabaram te torturando, que merda. Meu amigo João, você confiou no advogado errado; mas como saberia? Durante sua estadia em Tepequém, eu tentei obrigá-la a contar tudo para você, porque se ela não contasse, eu contaria e, talvez, seria ainda pior. Queria que você seguisse sua vida e fosse muito feliz, mas não houve tempo. Foda. Cara, não consegui convencê-la, mas, graças a Deus, como as coisas aconteceram, resultou apenas em treze pontos na sua cabeça, exatamente o número do seu partido! — gargalhou Jorge.

Eu sorri, acompanhando a bravata do meu amigo, que provava sua lealdade e mostrou não ter culpa alguma daquela separação.

Recuperando-me do vaso quebrado em minha cabeça, escutei Jorge e Heitor falarem muitas coisas, tentando me alegrar, mas eu estava zonzo e procurava organizar minhas ideias. Eu estava muito cansado e adormeci.

Após uma série de eventos que poderiam ter desencadeado uma tragédia ainda maior, devido ao conflito de interesses entre Jean, meu advogado, e Beatriz, sua amante e minha ex-esposa, finalmente surgiu um acordo e o divórcio. Acertamos as pensões alimentícias em um valor justo e viável para ambos, partilhamos nossos bens sem controvérsias ou polêmicas. Além disso, Jean me pagou uma indenização de cinquenta mil reais por rachar o meu crânio com aquele vaso, e por treze pontos que me obrigaram a utilizar bonés até que meus cabelos crescessem novamente. Ao final de tudo, selamos a paz e decidi me mudar para Roraima.

Certamente, passaria a maior parte do ano distante dos meus filhos, ficando com eles apenas durante as férias, mas entendi que o tempo estava curando as minhas cicatrizes, dos meus erros e desenganos. Decidi dar uma chance ao tempo: eu necessitava de um pouco de paz para seguir em frente. E assim parti para uma nova vida em Roraima. Permanecerei em Roraima para sempre? Não posso afirmar. Talvez um dia retorne ao Paraná, mas é incerto; não tenho como prever. Tudo o que possuímos é o presente do passado, concedido pela memória; o presente do presente, que nos abandona instantaneamente; e o presente do futuro, que é pura especulação.

Eu amo o Paraná e tenho saudades, mas o meu lar agora é Roraima. Tornei-me *roraimado*, bebi água do Rio Branco e sigo vivendo, desde então, nesse vasto lavrado. Fui calorosamente recebido por Davi e sua família, que me deram todo o apoio necessário. Desde então continuo a explorar esse outro lado do Brasil que me acolhe de braços abertos. Consegui ganhar prestígio; vivendo de maneira mais simples, me tornei uma figura conhecida. Mesmo ciente de que nossa realidade está distante do ideal, e sabendo que geralmente nossa Democracia é regida por egos e cobiças, decidi dedicar parte do meu tempo ao partido, contribuindo como advogado voluntário nos movimentos sociais dos trabalhadores rurais de Roraima, e adaptei-me a viver na linha do equador.

Resido e trabalho em Boa Vista, a capital do estado. Regularmente faço visitas a Davi e à sua família na Vila Tepequém. Alimento o sonho de adquirir uma casa naquela serra aconchegante, para receber meus filhos e curtirmos nossas férias em paz até o fim da minha vida. Confesso meu temor — o medo persistente de ansiar pelo que abandonei, de falhar ao me entregar novamente, de tropeçar na novidade desconhecida e ficar sem palavras diante do que encontrarei. "Quem é o dono do próximo instante?", eu pensava.

E me lembrei da mãe dos meus filhos; e, é claro, eu me lembro dela e deles, sempre. Como foi possível que uma vida de amor tivesse acabado? Gozávamos juntos? Ou sempre separados, anárquicos, cada qual dedicado aos próprios desejos?

Mil pensamentos invadiam minha mente...

Desconhecemos a essência do instante. Lutamos para ver um pouco de suas explosões que governam o real, dessa projeção de um mundo confusamente mapeado por nossos desejos caóticos.

Santo Agostinho foi incapaz de captar o instante. Ciente de sua derrota, recorreu a Deus para aceitar que cada coisa tem um momento próprio, um novo "é da coisa", que passa para um novo ciclo, como fogos de artifício infinitos e confusos que explodem silenciosos no espaço, mediados por Deus.

Capturar o presente é a nossa grande obsessão. Selfies, milhares de selfies, poses ensaiadas e filtros poderosos nos ajudam a perdurar no tempo, na luta implacável contra o instante que, pela sua própria natureza, foge e se atualiza em um outro de si. "No amor capturamos o instante?"

"É gostoso misturar café com caxiri?", pensei.

Acredito que não, café é café, caxiri é caxiri. Devo admitir que nem toda mistura é adequada e que cada pedaço de gente nem sempre se encaixa em outros pedaços, em outras pessoas.

Quero um espaço para mim, mas o tempo que me joga para lá e para cá, ele escapa em sua totalidade. Apenas fruímos uma vida que é dada de presente, sem que tenhamos qualquer tentativa de negá-la. Nem o suicídio, a depressão, nenhuma atitude consegue negar o presente da vida, dado irrecusável do tempo que nos cobra com a finitude da morte.

O vento corre pela minha pele, neste lugar em que estou agora, Amazônia, e me delicio, um pouco, no silêncio de Tepequém. Sinto um arrepio doce misturado com a dor das minhas perdas irreparáveis. Sou esculpido através desta mistura confusa de mim que aparece: mundo.

Tenho que me destruir um bom bocado, um pouco mais da minha metade, para alcançar a semente da vida que ainda habita em mim, para além do instante fugaz que me tortura.

Heráclito, seu perverso: que harmonia dos contrários que nada! Quero mais que a contradição.

Minhas desequilibradas palavras são o luxo do ser que se esbalda no desamor da presença, de um deixar de lado o instante fugaz, meu passado ausente. Agora faço acrobacias e piruetas que não pensam, e apenas vivo.

Devemos abandonar o agora, o passado e escapar do instante. A invenção do hoje não é a construção do futuro. O agora já passou, e nos arrastamos pelos cantos tentando dormir um pouco mais, como nos dias de insônia.

É inútil querer me classificar: eu simplesmente abandonei a lógica, o conceito e o pensamento e me permito ser apenas corpo. Admito que sou feito de uma carne errante, triste e comível, suculenta e não vegana, uma carne animal, de animal que vive e morre para se comer.

A ventania soprou derrubando sem piedade tudo o que estava sobre a mesa. Sussurrando, com violência, em estado de aviso: as coisas não são calmas, a calmaria é uma farsa.

Quando erguemos algo com esforço e encontramos um vislumbre de felicidade, sempre surge um oponente feroz, pronto para demolir nossas conquistas.

Essa é a sinfonia desarmônica da humanidade?

A vida é um constante embate, em que há sempre um adversário misterioso espreitando do outro lado do tabuleiro, sedento por tudo o que construímos com tanto sangue e suor?

O sem sentido da veia que pulsa é o mesmo que pergunta pela vida e sobrevive, sobrevive na angústia, e vive de angústia.

Gostaria de descrever-te, Tepequém, como um bom pintor, como um pintor genial, que traça curvas mais perfeitas do que as da própria carne, e corta pedaços de gente e de coisas através do pincel que alcança a expressão.

Não desejo o objeto, nem sua imagem, nem sua ideia, tampouco sua sombra. Não quero Platão. Desejo a carne crua e simples, corpo mesmo, aquele com bucho e gordura, sangue e dor, aquele feito com carne velha que mistura músculo e sebo.

Escrevo isso significando aquilo; e o que eu digo é diferente do que penso, e bem dessemelhante do que se lê, desigual do que você entende. O mundo é construído assim, através de desenganos, tecidos pelos interditos, pelos não ditos, e por tudo o que é bem-dito, mas mal compreendido.

Entro em mim mesmo todos os dias, vestido de papéis que me tocam descompassados, confusos, sem futuro, vacilantes, esse figurino é meu, me foi dado de presente, e preciso respeitá-lo por amor à vida.

Os descolamentos são o meu inferno. Tornar-se uma carne é gozoso, é vida, é amor, é mentira gostosa. Mas toda separação dilacera a alma, mata a vida que habitava esse "um", e o desenlace é imprevisível, podendo ser morte — morte mesmo, porque toda separação mata.

E se muitas vezes morremos e renascemos, é preciso aceitar que nem sempre somos "um". Nem sempre um casal é "um", muitas vezes vive à margem do amor, por interesse, por cuidado, por acreditar na ideia platônica.

A verdadeira caverna de Platão é recheada de verdades, de sombras e humanos que se escondem na caverna para não ver a fumaça do sol que queima todas as coisas.

Dentro da caverna obscura, podemos construir mundos e imaginar o não ideal, o para além do perfeito, porque toda perfeição exige compromisso e ausência de carne.

Tudo o que me atravessa na caverna é um fragmento de mim mesmo. Reviso a realidade sensível, repleta de dores e medos, e a transformo em meu brinquedo predileto. Mesmo na fuga da vida, quando declaro: "Não desejo mais viver, quero a morte, sou um grande brincante", tudo isso apenas enfatiza a vida que se constrói na própria vida. E é por essa razão que o existencialismo pode ser considerado uma grande ilusão.

Baratas escorregam pela caverna, e aranhas, e outros bichinhos. Todos querem viver, não pensam essas coisas. Assim, imagino que só eu sou pensante, mas não. Não sei sobre esses outros que habitam minha caverna e estou condenado a aceitar a realidade como esta projeção que faço, como se eu fosse detentor das qualidades primárias e secundárias e de tudo o mais que preciso para projetar o mundo.

Entretanto, o tempo apodrece tudo; e mesmo no abrigo da caverna haverá o tempo de sair, de se alimentar, de receber alimento, de encontrar alguém que nos alimente, e tudo apodrece mesmo, e o instante é apenas um flash, um vislumbre que nos escapa.

Platão tentou escapar da caverna, procurou de todas as formas alcançar a ideia eterna e imutável, o bem enquanto tal. Tenho medo das ideias dele; ninguém é tão horripilante ao ponto de negar o corpo de tal maneira, mas aprendemos a viver sem carne através da carne, como se fosse possível ser carne sem sê-lo.

O atual não permanece como um substrato, como se a roda do automóvel o tocasse enquanto passamos por ele. Não podemos tocar o presente desta maneira. O presente é pura explosão sem fundação, artifício que liga um ponto ao outro, artifício fantasma, que cria elos entre o antes e o depois.

Nos dias de hoje, dizem assim: "Quero o fluxo!" Mas não! Viver o fluxo não é dizer "eu o quero". Fazemos confidências esperando que a vida, a mudança, faça sentido, como se o que não é confortável possa assegurar alguma paz. Por isso, sofremos, e sofremos muito, porque todo mundo passa pela morte.

O agora é feriado, dia vazio de espera e esperança. Local de ecos quentes, que zumbem nos ouvidos de quem espera algo de bom no tempo livre, e de angústia pelo tempo implacável que come a carne e exigirá o retorno ao dia de trabalho.

Para mim o vazio do domingo é delicioso; e eu gosto dessa pausa, dessa trégua que a vida nos dá, como parte de um projeto maluco realizado por um grande brincante que chamamos de Deus.

Deus faz tudo correto?

Trêmulo, de costas para o mundo, deixo essas questões para os grandes filósofos, pois sou pequeno, como um ponto cego em uma curva perigosa, em uma estrada esburacada e mal sinalizada.

Sentimos a voluptuosidade erótica do tempo, que agride a carne, que envelhece, que cria caminhos através da pele, rugas, câncer e tantas outras marcas, que mostra o limite da vida.

Cada ser surge, e não importa o quê; somos escravos de nós mesmos, dos erros que carregamos para sempre nas costas, culpados, todos culpados de crimes imprescritíveis.

A vida cobra seu preço?

Ouço passos estranhos, não são meus.

Como se eles arrancassem das profundezas raízes escondidas e volumosas de outras pessoas que amei; mas não, elas não me perdoarão, e eu não perdoarei: ninguém perdoa ninguém.

Lembranças do passado sussurram aos ouvidos; meus erros, símbolos pesados, como frutas maduras que caíram e não servem mais.

A realidade delicada que existe transfigura-se em um acontecimento distante. Ergo-me devagar, tento me equilibrar e sigo cambaleante, mas vivo, em pé, e assim continuo a caminhar.

Sou fraco?

Sou, mas isso vem da vida. Não desejo mais ser eu mesmo. Sim, cansei! Mas sou grudado a mim, e essa forma de tessitura me obriga a ficar junto desse pedaço de carne que me compõe, e preciso amá-lo como bem mais que meu.

A trilha é longa; mas sem sabermos o quanto ela é, mais acreditamos que teremos muita trilha.

Senti no peito uma dor violenta: amar outra terra não é trair suas origens!

FIM

FONTE Adobe Garamond Pro
PAPEL Pólen Natural 80 g/m^2
IMPRESSÃO Paym